緋彈的亞莉亞 XXI

Aria the Scarlet Ammo

赤松中學

1彈　緋之因果律

所謂的星伽，是為星星侍寢的意思。

也就是讓星星平靜、入眠、鎮定。

而當中所指的星星，就是來自宇宙的這個**緋緋色金的**ＵＦＯ。

梅露愛特說過白雪應該知道緋緋色金的真面目之類的話。不過……

——『星伽』。

原來白雪的姓氏打從一開始就是答案了。

在神明躲藏的岩洞、被稱為『神奈備』的洞窟中……

「這個御星大人，就是星伽神社的御神體。」

如此說明的白雪前方，是一塊綁有注連繩的圓盤。

被緋緋神亞莉亞坐在屁股下的那塊金屬，直徑大約有十公尺。

帶有緋紅色的光澤，中央呈現半圓球狀隆起，形狀像巨大的斗笠或草帽。

簡單講，就是被稱為『亞當斯基型』的典型不明飛行物體形狀。

在星伽家的家紋『五芒星陣笠』上——也清楚畫有**這個玩意**。雖然我本來也推測那個畫的不是斗笠而是色金的原石，但沒想到他們竟然是把ＵＦＯ畫進家紋啊。而且還很親切地用星星標誌圍起來。

星伽家簡直比我家還要瘋狂嘛。

「呃，來自宇宙的這傢伙……為什麼會是這種形狀？」

驚訝錯愕的我，首先針對緋緋色金的形狀開口詢問。

雖然只是我第一眼的判斷，但這應該不是什麼**宇宙船**才對。

畢竟我完全找不到出入口、窗戶或噴射孔之類的零件。

那頂多只是形狀像ＵＦＯ的一塊金屬而已。

「其實本來的形狀是近似球型啦，不過被地球引力抓到而墜落到大氣層的時候，和空氣的摩擦熱讓我變軟了。」

坐在緋色圓盤上的亞莉亞，不對，緋緋神回答了我的疑問。

她剛才——不是講『降落』，而是『墜落』喔。

「變軟的時候，我可以照自己的意思稍微改變自身的形狀。為了不要在空中解體燒盡，所以我才變成這個形狀靠空力減速啦。」

配合她接著說出口的這段發言，看來緋緋色金來到地球的這件事……

似乎是一場意外，類似遇難的樣子。

緋緋神亞莉亞把手指斜斜伸向前上方，「唰！」地劃向後下方。

「然後，就『轟！』一聲落到這地方了。不過畢竟已經是兩千年前的事情，我的記憶也有點模糊就是了。」

看來她當時墜落的角度不是與地表垂直，而是和這座山的斜面幾乎呈直角的樣子。

也就是說……這塊凹地其實並不是火山口。

是緋緋色金墜落時形成的撞擊坑。

後來為了隱藏色金而用石材掩埋出來的，就是這座神奈備。

而我剛才渡過的那座不自然呈現新月形的湖——水弓，就是填補後剩下的窪地積水形成的湖泊。

這麼說來，蕾姬好像說過璃璃色金也是在一座圓形的湖泊底部。我猜那應該也是撞擊坑積水後形成的撞擊湖吧。

那時候蕾姬用蠟筆畫出來的璃璃色金，和這塊緋緋色金是同樣形狀。

雖然位於地球上的不同場所，不過璃璃色金也是墜落下來的。

想必瑠瑠色金也是一樣。

保管瑠瑠色金的五十一區，是經常會目擊到ＵＦＯ的地區。

或許那是美國空軍參考色金原本的形狀製造出來的Ｘ系列航空器也說不定。

（……腦中會接二連三冒出這些推理，就代表……）

我在星崎溫泉因為猴＆霸美而進入的爆發模式依然在持續的意思。

然而靠身體感覺推測……應該頂多只能再維持十五分鐘。

就趁現在把所有的謎團都解開吧。

「雖然到目前還不清楚為什麼會呈現緋紅色，不過御星大人的成分幾乎都是鐵。但因為是西元前七年墜落下來的關係……當時的人並不知道鐵是什麼，就從顏色上取名為『緋緋色金』了。」

大概是已經決定全盤招供了，在身旁的白雪如此告訴我。

「而星伽巫女——緋巫女的歷史也是從那時代開始的。」

圍繞UFO周圍刺在地上、推測是歷代色金殺女的大量刀劍——白雪彷彿是看著巫女祖先們的墓碑般眺望著它們。

「……」

而我看著那樣的情景……

也漸漸可以推理出遠山家的男人自古以來與星伽家有交流的理由了。

大哥曾經說過，在星伽家出生的男性代代都會被移送到別家。而蕾姬的部落族人似乎也都是女性。

這想必是因為身為同性的女人比較能夠與色金們產生共鳴的緣故。

然而……遠山家的男性卻是例外，可以出入星伽家。我想那一定是能夠將性亢奮——表面上看起來的**戀愛**心轉換為**戰鬥**力的能力被星伽家看上的關係。

（畢竟我們遠山家的男人，感覺也類似象徵戀愛與戰鬥的存在啊。）

姑且不論究竟對爆發模式理解到什麼程度，不過星伽家一直以來都與感覺和緋緋神喜愛戀與戰的性質有所關聯的遠山家保持關係。而且是從玉藻所說星伽與遠山聯手戰鬥的古早時代維繫至今。

因為我們家對於祖譜的管理很隨便，所以能夠確定利用過爆發模式能力的祖先最早只能追溯到遠山金四郎而已——不過在那之前當然也有更早的祖先才對。畢竟根據閣的說法，大約千年前的攝津守賴光感覺也擁有爆發模式能力的樣子。

然而……

我不清楚白雪個人對於爆發模式理解到什麼程度。

就像夏洛克對我和亞莉亞隱瞞了緋緋色金會對戀愛心產生反應一樣，這類跟感情有關的反應有時候越去注意反而會越綁手綁腳，變得不順利。

回想起白雪過去至今對待我的態度，星伽家應該沒有直接告訴她爆發模式的事情，但有透過不同形式告訴過她的可能性很高。

因此為了不要自找麻煩……

「關於這件事，就讓我多插手一點吧。畢竟星伽家和遠山家自古以來就有家族交流嘛。」

我用『念在家族間的情誼上』為前提，對白雪表明自己要介入緋緋色金這項星伽家的重大問題。

然後再度對緋緋神亞莉亞開口說道：

「好啦——這下我總算明白了，妳是來自外太空的金屬。怪不得在各方面會超出地球人的想像，像是金屬竟然擁有意志之類的。」

「你能理解得這麼快也省得我多費唇舌啦，金次。」

「就算我已經對超自然現象很習慣，一開始還是有點被嚇傻就是了。區區的鐵塊竟然會有心，甚至還會使用超能力什麼的。」

「區區的鐵塊？明明連微中子、夸克或輕子之類的東西都只能模模糊糊看到而已，虧你說得出這種話。你們地球人總是以為眼睛看到的就是一切，從地動說的時代以來毫無進步。」

……這麼說來，璃璃神好像也講過類似的話，說色金的心是存在於極微小的素粒子世界什麼的。

算了，這部分的話題就直接跳過吧。反正感覺講下去也只會被嘲笑，而且我的腦袋的確不好，跟我講科學性的東西我也聽不懂。

於是我草草結束物理學的話題，提出我自己的分類學見解：

「……好，緋緋神，我就來宣告我個人對妳的定義吧。妳是外星人。」

雖然在五十一區的時候，我把色金們想成是『金屬人』，不過現在改成『外星人』了。

對於我這樣粗枝大葉的感覺，緋緋神亞莉亞與白雪都頓時呆了一下。

但梅露愛特有說過，如果不理解對方的真面目，就會無法確立行動方針，不知道該如何戰鬥、如何交涉。

現在的首要任務是理解，以做為行動的基礎。

然而，對方是來自宇宙的存在，要是拘泥於地球的思考方式，想必到最後都沒辦法理解什麼東西。

因此我爆發模式下的腦袋決定擴大範圍、柔軟思考了。

——雖然要根據什麼定義為「人」又是別的議題，不過認為擁有人格的知性生命體絕對都是由有機物構成的想法，恐怕就是地球人只會以地球為基準的思考方式。

就算形狀看起來像ＵＦＯ，但認為那種形狀的ＵＦＯ是外星人的交通工具，也是只有搭乘宇宙飛船才能到宇宙的地球人的思考方式。雖然我不清楚還有其他什麼型態的ＵＦＯ，不過以色金系列來說，色金ＵＦＯ本身就是知性生命體了。

換言之，在我眼前的緋緋色金就是『來自宇宙、擁有人格的金屬』——這樣的外星人。

「也就是說，妳跟章魚形狀的外星人啦、小灰人啦、巴爾坦星人之類的都一樣。所以白雪，妳今後沒必要再對這傢伙抱有什麼敬意了。雖然妳們星伽家似乎代代都把這傢伙當成御神體尊敬啦。」

我到這地方，是為了拯救精神被取代的亞莉亞。

然而，我獨自完成這項任務的可能性完全是零。我是在毫無對策之下來到這裡的。

但如果是超能力搜查研究科的優秀學生·白雪——或許知道什麼把緋緋神與亞莉亞拆開的方法。

此刻的重要人物就是白雪。

而要是白雪對所謂的御星大人抱有什麼忠誠心，只會讓事情變得很難處理，因此我才會首先把她拉攏為自己人。

不過這似乎只是我杞人憂天而已……

「小金……」

用眼角下垂的大眼睛望向我的白雪……眼神看起來根本不需要我提醒也沒有盲目崇拜緋緋神的樣子。

「……謝謝你為我費心。不過，這跟敬意不一樣。星伽家之所以長年來封印緋緋色金，是因為它太危險了。」

白雪說話的聲音，變得像是即使難以開口也還是把祕密說出來的語調——

「最初是住在這一帶的本地超能力者……巫女們很自然地負責管理從天上掉下來的星星，這就是星伽家的開始。然而大約過了兩百年後，星伽巫女的領袖——當時的緋巫女（himiko）起了利用緋緋色金的超超能力支配世界的念頭，而她也真的首先壓制了幾乎整個日本……」

「呃、喂！那不就是、西元三世紀的……」

「嗯，就是那位卑彌呼（Himiko）。雖然她到中途就病死了，不過後代的星伽巫女們見識到那樣過於強大的力量……察覺了緋緋色金的危險性，因此決定從那之後要永遠貫徹守護的使命。星伽的巫女是守護巫女——其開端是源自『從緋緋神手中**守護**整個世界』的精神。」

原來星伽家也闖過禍啊……

居然把即使現代也難以對抗的緋緋神力量在彌生時代就大肆利用，那當然會演變成留名日本史的大事件啦。

不過從那之後，星伽家就改變方針……為了不讓緋緋色金擴散到世界而封印它了。緋緋色金的適合者要是失控，誰也無法想像世界會變成什麼德行。因此星伽家為了防止讓緋緋色金這樣的危險物質擴散出去，變得排外閉鎖——身為守護巫女，幾千幾百年來發展出殼金或色金殺女等等的控制技術，有時甚至投身戰鬥。

「即使如此，色金還是在某些時代外流出去了。畢竟就連星伽巫女本身，也並非一直以來都很團結的……」

雖然白雪這一代似乎是貫徹守護的使命——

但想必在歷史上也曾有星伽家的人效法卑彌呼，企圖利用緋緋色金吧？像人工緋緋神・猴／孫就是活生生的證據。至少在一千四百年前，星伽家的確有做過利用緋緋色金創造武神的事情。而信長擁有的緋緋色金以及亞莉亞的緋彈，想必也是過去某個時代從星伽神社外流出去的緋緋色金。

換言之，以長遠來看……

緋緋色金的封印並不順利。

這是個光靠星伽神社不足以完全應對的困難問題。

而對於只是因為生為一族的長女、就不得不承接這個案件的當代緋巫女——白雪來說，緋緋色金應該是個只會添麻煩、讓人傷腦筋的存在吧。

也就是被迫負責管理的『作祟神』。

「而色金外流結果的現代版，就是緋緋神亞莉亞……是嗎？好啦，總之至今為止的歷史淵源我明白了。白雪被託付這種任務想必也很辛苦吧。不過妳沒必要自己一個人煩惱，妳只是剛好出生在這樣的家庭，單純被推託這份任務罷了。妳並沒有打算利用這玩意做什麼事情，亞莉亞會變成這樣也是緋緋神的錯——哦哦，我只是因為現在沒別的名稱才繼續叫她緋緋神，但這傢伙根本不是什麼神明。她只不過是附在人類身上、小規模侵略地球的普通外星人罷了。」

雖然外星人已經是槌蛇等級的稀有物種，用『普通的外星人』這種講法或許有點語病就是了。不過……

像我這種等級的不幸人類，過去已經和魔女、超能力者、吸血鬼、機器人、魔獸、鬼等等的存在交手過。

如今在名單中添一筆外星人也沒什麼差別啦。

「——所以就算現在知道了緋緋神的真面目，我的想法還是沒有改變。我來到這裡，是為了拯救亞莉亞，把緋緋神從她身上趕走。白雪，妳也來幫忙。」

「……」

面對瞪著緋緋神亞莉亞的我，以及在一旁不知為何閉嘴不語的白雪——

「你想和我交手？和這樣的我？」

緋緋神亞莉亞隔著水手服把手放在自己平坦的胸口上，對我笑了起來。

「你辦不到吧，金次？這個身體可是亞莉亞，你沒辦法出手的。亞莉亞是兩百年難得一見、心靈和我極為合適的人物。我絕對不會還給你。」

「……」

「所以說，反正你也沒辦法出手，就乾脆服從我。一起愉快地活下去吧。」

「愉快？」

「所謂的愉快，就是興奮。而最能夠讓人興奮的，就是戀愛與戰鬥。只要在你有生之年，我都會提供你戀愛與戰鬥。」

「兩個我都不要。這就是我。」

「但我想要啊！」

……這個緋緋神的人格，如果用我在偵探科的犯罪心理學課堂學到的基準來看──

容易感到無聊，對欲求不滿的承受性低。喜歡刺激，性情急躁，容易衝動。依賴性的生活方式。

精神病患人格──精神病態的特徵相當明顯。

當然，並非這樣的人格就一定會成為犯罪者。像那個說是和緋緋神極為合適的亞莉亞，也算是個在精神病態邊緣的女人。

但如果再加上缺乏對他人的良心與共鳴，就會一口氣變得很危險。緋緋神就是欠缺這類對人的情感。

不過那也是當然的吧。

畢竟這傢伙不是人類。

（這樣的傢伙會犯罪的理由……）

但我還是勉強套用人類的狀況尋找對應方法，繼續回想課堂學到的內容。

喜歡刺激、與他人產生共鳴的能力較低的人如果閒得發慌——事實上真的會用遊戲心態做出犯罪行動。在美國甚至從以前就經常可以看到犯罪筆錄上寫說「因為很無聊就開槍亂射」之類的。

會讓這類傢伙扣下犯罪扳機的背後動機……

幾乎都是欲求不滿。

因為有某種『自己無法解決的欲求不滿』，為了從那份痛苦移開注意力，所以做壞事**宣洩**。

那麼，緋緋神的不滿是什麼？

要是能夠找出這點——然後解決掉，或許她就會願意離開亞莉亞的身體了。

「白雪，為了拯救亞莉亞，我要和緋緋神溝通對話。妳也先把刀收起來吧。」

決定先靠交涉想辦法解決問題的我，為了防止拔刀出鞘的白雪忽然出手而如此說道。

「……小金，雖然你好不容易來到這裡……不過，亞莉亞她……已經不在了。」

但白雪卻像是要打斷我的話似的，用悲傷的聲音呢喃。

「不在……那是什麼意思？」

我把眼睛看向緋緋神，表示：她不就在那裡嗎？

「剛才那段神樂舞，叫『緋袚舞』，是從附身對象身上趕走緋緋神最有效的最終手段。而既然在那段舞蹈面前，亞莉亞依然絲毫沒有恢復，就是她完全被取代的證據。跟電腦檔案被覆蓋一樣……已經沒辦法復原了……」

白雪哽咽說著……

右手用力握緊刀尖朝下的色金殺女。

「白雪……」

「完全被取代的人，過去也曾有過幾個案例。可是當中沒有一個人能夠恢復原狀。遠比我優秀的當代星伽巫女們拚上性命嘗試過各種方法，依然還是找不出讓完全被取代的人復原的手段。緋緋神在完全取代附身對象之後，會像那樣接觸祖鋼大約一天的時間，補充力量。結束後就會離開這裡，到世間作亂——所以，在那之前——」

白雪握著刀的手微微顫抖——

低下頭用瀏海的影子遮掩眼角的淚水，告訴我充滿絕望的話語。

（到世間作亂……）

就是玉藻曾經在我房間說過的那段往事。

描述被主司戀愛與戰鬥的緋緋神附身的人最終如何的故事。

那個人蠱惑當時的帝皇，引發戰爭……

最後喪命於遠山武士和星伽巫女手中。

「星伽家在兩千年的歷史中唯一找到可以阻止緋緋神降臨的時機……就是像那樣坐在緋緋色金上的時候……現在就是最後的機會了……」

已經無法恢復原狀——

最後的機會——

白雪，妳搞什麼？

妳到底在說什麼？別說了。

「我也很想拯救亞莉亞。我也不想以這種形式……和亞莉亞做出了斷呀。」

邊哭邊說的白雪……

某種東西伴隨著悲傷漸漸湧出來。

是宛如烏雲般的——

——殺氣。

「住手，白雪……妳想做什麼！」

「小金，對不起。但這就是命運。」

白雪是該道歉就會乖乖道歉的女孩。

那樣的白雪現在——雖然對我道歉，卻沒有對亞莉亞道歉。

這同時也表示：亞莉亞真的已經不在那裡了。

「……白雪……！」

「小金不要出手。快逃。」

咖。讓紅色鞋帶的木屐踏出聲響的白雪，「沙！」一聲解開綁在頭髮上的白色封印布。釋放出已經多說無益的氛圍。

接著，把握在右手的刀高高舉到頭上。

握著刀柄握把的最末端，橫舉刀身露出刀腹。

這個右手大上段架式，以前與貞德交手時我也看過。

是白雪拿出真本事戰鬥時的架式。

「要是讓緋緋神獲得身體，她就會做壞事。曾經是亞莉亞的那個身體，不可以被用在壞事上……這也是為了亞莉亞……」

「住手！妳想殺了亞莉亞嗎！」

「小金……亞莉亞、已經……現在在那裡的，不是亞莉亞呀……」

白雪用含淚的眼睛看向我，如此說道。

彷彿是為無法接受朋友過世的人感到悲哀。

「只要沒有肉體，緋緋神就無法為非作歹。因此必須從緋緋神手中沒收肉體……這就是緋巫女的任務。」

星伽的巫女，是守護巫女。

然而，為了守護，為了防衛。

必須伴隨戰鬥，伴隨犧牲。

握著色金殺女抬頭瞪著緋緋神亞莉亞的白雪，即使沒有讓亞莉亞恢復原狀的方法……

她的表情依然表示：自己能夠殺死緋緋神的身體。

就像是要對我宣示這點似地……

「色金殺女是星伽家創造出來的——反色金之刀。雖然也有其他各式各樣的功能，不過其固有能力是……像鏡子一樣放出與緋緋神完全相反的力量，讓能力互相抵消。是唯一能夠穿透緋緋神的各種力量、直達附身對象肉體的刀刃……！」

白雪告訴了我色金殺女的真正力量。

（……主動式反相位兵器……！）

就是放出與敵人的攻擊完全相同種類、相同威力的攻擊，以達到互相抵消的科幻兵器。高級耳機的主動降噪功能（ＡＮＣ）也可以說是類似的裝置。

當然這樣的東西以現代科技水準尚未完成，但星伽家卻在幾千幾百年前就已經得出這樣的概念，並開發出來了。

面對那把對付緋緋色金專用的『反相位刀』——

「緋巫女，虧妳們一直以來都在這地方無微不至地照顧我，遇到關鍵的時候卻總是代代都與我作對啊。」

睥睨著白雪的緋緋神，表現得也沒有剛才那份從容了。

她的表情彷彿在說……

妳敢放馬過來，我就跟妳硬拚。

「……真的是、一群麻煩的傢伙……！」

……隆……

轟……轟隆……隆隆隆隆隆隆隆隆隆……

——在搖盪。這個岩洞開始微微搖晃起來。連帶整座星伽山也是。

我過去也體驗過幾次這樣的現象。是緋緋神的鬥氣引發的震動。

緋緋神也打算戰鬥了。

（……嗚……！）

該死！要開打了。

緋巫女白雪‧對‧緋緋神亞莉亞……！

「勸，請，艮下艮上。以神名火止置緋緋之色金。禍，稜，北辰北斗。驅除，清淨，鎮定，禊除。僮，籠，色金殺女。予緋緋之色金，以聯鎚之擊。」

白雪開口詠唱的咒語，似乎含有什麼密碼——

——藉此將隱藏的真正力量解放出來的色金殺女，綻放出緋色的光芒。

與緋緋色金完全一樣的顏色，比緋緋色金更加強烈。

是太古時代傳承至今、對抗緋緋色金的主動式反相位系統開始發揮功能了。

為了斬斷做為附身對象的亞莉亞肉體。

「──白雪，住手！」

白雪聽到我的聲音雖然微微顫抖，產生些許反應──

但她依然把耀眼的色金殺女像火把一樣高舉著，「咖、咖」地往前踏出步伐。

朝著緋緋色金。

朝著緋緋神。

朝著、亞莉亞……！

「白雪，妳想背叛我嗎？虧妳們把我當神崇拜，負責守護我的說。」

「不管妳要怎麼說我都不會在意。」

「妳到底是對我哪裡感到不滿？」

「因為妳打算把小金……打算把不可以牽連的人牽連進來。」

白雪說著，一步又一步靠近緋緋神。

緋緋色金的圓盤呈現傾斜，不需要伸手抓也可以爬得上去。

相對地，緋緋神則是在圓盤上動也沒動。看來從緋緋色金為亞莉亞的身體補充力量的期間，她是無法移動的樣子。就好像用一條看不見的臍帶與母體相連的胎兒一樣。

也就是說，白雪應該有辦法到達緋緋神亞莉亞的面前。能夠抓到她剛才宣告過的『最後機會』，在**零距離**下。

──到時候，她打算把對方一刀兩斷嗎？

該怎麼辦？

該怎麼做啊，金次？

「以眼還眼，以牙還牙。白雪，既然妳打算來殺我，我就會先殺了妳喔。」

緋緋神說著，對我瞥了一眼。

彷彿是在對我說：快行動，快制止白雪。

不用妳說，我也認為自己應該制止白雪。

可是，白雪與緋緋神之間**已經開始了**。

要是我介入其中的瞬間，白雪被引開注意力，讓抓到那一刻的緋緋神放出什麼遠距離攻擊，這下會換成白雪被殺的。剛才緋緋神對我的視線，就是抱著這樣的企圖。

……不行，我不能動。

那又該如何制止？如何……！

「星伽的巫女是守護巫女。我很清楚自己重視什麼、想保護什麼人。就算那個人屬於別人，屬於已經不存在的亞莉亞……我還是要守護那個人的世界，那個人的生活……！」

爆發模式下的我——

聽得出白雪這段話是在說身為青梅竹馬的我。

（白雪……！）

在無法行動的我眼前，坐在緋緋色金上的緋緋神聽到這段話……

忽然做出非常細微、但出乎預料的反應。

「……咦？」

伴隨疑惑的聲音。

……滴答……

從紅紫色的眼眸中，溢出了一滴淚水。

然而緋緋神自己似乎也對這件事感到很意外，那反應就像淚水流下之後才發現自己在哭的樣子。

看到她那表情——

（……！）

我腦海中頓時閃過某個畫面。

爆發模式下的頭腦有時候會讓我看到片段性的影像，成為引導我通往勝利的線索。

從過去的記憶中挖掘出來的那些畫面，多半都是乍看之下與眼前的戰鬥毫無關係，看到的瞬間甚至連我自己都搞不清楚意義的提示。

而這次也不例外，我看到的是——

（……發電廠……）

——品川。是品川火力發電廠。在那地方面對使用尖端科學兵器戰鬥的金女，亞莉亞裝備滯空裙甲展開空襲的畫面。

雖然我不覺得這跟過去一樣是在提示我什麼新的招式……

「……嗚……！」

但我也沒時間慢慢思考了。

白雪她——

——被緋緋神亞莉亞強烈釋放出的緋色波動——彷彿把纏繞緋緋神的緋色氣場擴大範圍似的不明斥力給彈開了。

「……！」

「白雪……！」

白雪仰望自己高舉的色金殺女，往後退下幾步。我趕緊伸手撐住她的背。

從旁掃過的強風熱得幾乎可以燒焦身體——

不過因為只是一瞬間而已，就算是我也勉強撐了過去。

「——白雪，妳剛才的色金殺女滿是破綻、滿是漏洞，是我至今看過的緋巫女中控制得最差勁的一個啦。用那麼困難的招術，在這麼關鍵的時刻，為什麼妳沒有好好集中精神？才輕輕吹一下就被解除，讓我太掃興了。簡直心不在焉。呵呵，啊哈哈哈！」

哈哈哈！哈哈哈哈——緋緋神的笑聲迴盪在神奈備中。

大概是到剛才還感到緊張的關係，緋緋神亞莉亞的額頭上依然可以看到冷汗……但現在的笑聲聽起來已經是擊敗白雪獲得勝利的大笑。

而她會這樣笑的理由我也明白。因為討伐緋緋神用的反相位刀·色金殺女已經失去了光芒。

剛才那陣波動並不是為了攻擊白雪本身。

而是為了把色金殺女的力量吹散的招術。

「……白雪……」

噹——白雪無力地讓已經變成一把普通刀的色金殺女，掉落在她腳邊的岩洞地板上……用手遮掩自己的臉蛋。

然後……嗚、嗚嗚……嗚……

哭了起來。

不，白雪從剛才就一直在哭，在接近緋緋神亞莉亞面前的時候。

「小金……我……我、做不到。我做不到呀……」

緋祓舞。色金殺女。用過兩種必殺技的白雪已經耗盡力氣，似乎連站也站不住……

「我不該猶豫的。不應該、思考其他的事情。可是……」

她說著，當場癱坐下去。

我也單腳跪下，攙扶她的身體。

「因為……那個、**看起來還是像亞莉亞呀**……！」

白雪「嗚哇哇」地把臉靠近我的胸口——

潰堤似地大哭起來。

「我沒辦法殺掉亞莉亞。在小金面前，我做不到那種事情……！因為、小金對亞莉亞……要是做了那種事，會讓小金傷心的……！」

掉在腳邊的色金殺女——啪、啪哩……

轉眼間生鏽了。

是個性謹慎的緋緋神為了不讓可能殺掉自己的色金殺女再復活，而補了它最後一擊。

「就算這樣，就算這樣，就算會被小金討厭……我還是……決定要砍掉緋緋神。就算已經被討厭，以後再也見不到面……就算自己會變得不幸，為了不要讓緋緋神被放出去……因為這就是身為緋巫女的規矩……！」

「白雪……」

「可是，我終究還是……沒辦法放棄小金。與其要放棄小金，還不如違抗命運再變得不幸……反正都一樣會變得不幸，我寧願不要放棄小金……就是因為心底深處有這樣的念頭，我忍不住迷惘、忍不住猶豫了……！」

只要心中產生迷惘——

——人就會落敗。

無論是戰鬥、遊戲，還是賭上世界命運的重要勝負。

而讓白雪產生迷惘的存在，就是我。

都是我明明什麼也做不到卻多管閒事，插手到這個地步所害的。

因此——

「白雪，妳不要放棄我。我也不會放棄妳的。」

——我要負起責任。

要讓白雪做出的決定成為正確的選擇。雖然這樣是有點事後諸葛啦。

「……！」

淚潸潸的白雪……將她雪白的手放到自己的嘴邊。為了不要讓各種感情交織混雜的哽咽聲從口中發出而努力克制著。

到這種時候，白雪依然還是這麼舉止端莊的好女孩呢。

「命運那種東西，既然看不順眼就推翻它啊。我也不是個順從天命的人，畢竟不去推翻的話，我就活不下來。」

——『規矩』？

那種東西根本無須理會。

因為大家都是這樣。因為這是傳統。

因為那樣理所當然。因為只要那樣做就能一如往常。

在日常生活中，也經常會聽到類似的話。

但如果只會嘴上念著這種話說服自己，反覆同樣的事情，就永遠都不會有改變。

抱著少做少錯的想法，接受自己的不幸，即使感到不滿也繼續維持現狀——永遠只能繼續承受痛苦。

不要再這樣了！

那種思考方式，我今後也不會再有了。

顛覆它，推翻它，結束它。在我們這一代，此時此處，由我親手！

「另外，白雪，不幸是我的專利，別擅自搶走。我會讓妳幸福的。」

「……小、金……！」

珍珠般淚水不斷滴落的白雪，抬頭望向我，擠出聲音似地、尋求依賴似地叫著我的名字……

白雪，妳一路以來已經做得很好了。

這件事——既然星伽不行，就換遠山來。可以吧？

看到我站起身子，像是要保護白雪般往前踏出一步……

「真是讓我看了一段好戲啊，遠山。我最喜歡那種戲碼了。」

緋緋神露出一臉興奮的表情如此說道……

還真會調侃人呢。

「好啦，礙事的刀已經沒了——事情就這麼決定啦。遠山，你就放棄亞莉亞，尋求幸福吧。我會讓你幸福的。」

緋緋神亞莉亞模仿我剛才對白雪講過的臺詞這麼說道——

「放棄亞莉亞就能變得幸福嗎？那我寧願變得不幸也不要放棄。反正我的不幸本來就是大家公認的程度，再變得更不幸也沒什麼差啦。」

——亞莉亞。

「緋緋神，我不會把亞莉亞交給妳。」

——亞莉亞。

「還有妳傷害白雪的事情，我也不會原諒妳。」

能夠解決這個事態的——

果然只有妳了。

亞莉亞。

我相信妳。

過去妳曾說過的精神。

我相信妳會貫徹那份信念。

就讓我相信妳，然後在這裡賭上自己的性命。

雖然很抱歉只是社會上比較廉價的武偵性命，但對我來說也是無可取代、世上唯一的性命。既然我都把它豁出去了，這場賭局妳可要為我加油喔？亞莉亞。

「緋緋神，至今對妳那麼冷淡真是抱歉啦。雖然妳渴望的似乎不是戀愛就是戰鬥的樣子……但白雪剛剛拜託過我不要出手，所以我不會跟妳戰鬥。」

我說著，目不轉睛地注視緋緋神亞莉亞。

那麼剩下的，就是戀愛了。既然是靠消去法得出這樣的答案，我想應該也不需要對我接下來要做的事情一一說明了吧。

畢竟爆發模式也漸漸變得模糊了，要我一臉認真說出什麼『戀愛』之類的發言也很害臊啊。

——所以……

「我現在就過去妳那裡。」

我只對緋緋神亞莉亞這麼宣告。

老實講，戀愛這種東西……

我到現在依然搞不太懂。

但既然緋緋神想要那東西，那我就用我的方式來表現吧。

我會到妳那裡。

就只是這樣。

因為……

所謂的戰鬥，是斥力，是擊退對方的力量不是嗎？所以——

我想所謂的戀愛就是與之相反的引力，是接近對方的力量。

所以我要到妳的地方去。

這就是我的做法。

「亞莉亞。」

即使白雪說過那麼多次『亞莉亞已經死了』，緋緋神也是擺出一臉亞莉亞在自己體內已經絲毫也不存在的表情——

但我還是呼喚著亞莉亞的名字。

「我相信妳。就跟以前在地下倉庫約定好『一輩子相信妳』一樣。」

聽到我對著亞莉亞說話，使用著亞莉亞肉體的緋緋神頓時呆住了。

「妳還沒死。畢竟妳是個怎麼殺都不會死的女人嘛。另外……我隱約可以知道，妳打算要做**那種事**。」

「那件事是什麼？」

「妳剛才就自己說過答案啦，緋緋神。」

對緋緋神的提問，我草率回答後……

沙……我往前踏出步伐，就跟剛才的白雪一樣。

亞莉亞，妳做得到**那種事**嗎？

我不清楚妳是否做得到。

身為『哿』的我一直以來的拿手把戲，就是將『不知是否做得到』變成『只要有心就辦得到』。但我不知道妳是不是也能這樣。

既然妳現在還沒辦到，想必是需要更多的力量吧。

力量——很遺憾，現在緋緋神和亞莉亞是一心同體。想要分給亞莉亞力量，毫無疑問地就是分給緋緋神力量。

緋緋神的力量泉源，不是戰鬥就是戀愛。

那麼我就靠其中的戀愛，把力量分出去。

我會把力量分給妳，接下來——

妳就用那份力量自己想辦法吧。

想辦法實現**那種事**吧。

亞莉亞。

「……小金……」

用小鳥般的坐姿坐在地上的白雪發出聲音，從我背後傳來。

她因為看不出我接下來要做什麼事情，聲音中充滿擔心。

總之，就好好看著吧，白雪……

我一步、兩步，繼續往前邁進。

「遠山，別過來，你到底想做什麼？」

「我想和妳來場戀愛。」

「──啥？現……現在……你白痴嗎……！」

頓時臉紅起來的緋緋神亞莉亞與我之間──

空間看起來莫名變得扭曲。

感覺就像與亞莉亞的距離被拉大了。

這是──緋緋神真的在扭曲空間。為了不要讓我接近。

大概是因為這樣，從看起來傾斜的岩洞天花板上──岩石碎片化為細沙掉落下來。這地方的岩石中似乎含有玻璃質的結晶，閃耀出美麗的光彩。

「別那麼小題大作啊，緋緋神。既然不想被男人接近，妳只要逃走就好了。自古以來，無論世界何處，女人不都是這樣做的嗎？」

隆……隆隆隆……！

緋緋神的鬥氣造成的微震又再度發生。或許她在生氣吧。

綁在緋緋色金上的注連繩垂下的紙片有的被撕裂，有的化為火粉飛散。

和之前在乃木坂或八甲田山彈開樹葉的現象一樣。雖然只是我身為外行人的判斷，不過應該是電漿之類的吧。

「你、你說我？逃走？我可是戰神，怎麼可能逃跑！」

「不然妳要怎麼做？」

「這、這也是自太古時代以來女人會做的事情——看我把你推開！」

——嘶呼嗚嗚嗚嗚嗚嗚嗚嗚嗚嗚嗚——！

剛才推開白雪的緋色斥力帶著火焰噴射器般的威力襲來。

威力不下於剛才的二十、不、三十倍。

「——！」

碰！我趕緊用腳部的櫻花站穩身體。

而且不只是我的力量。雖然不是全部——但緋緋神的斥力有一部分被我周圍看不見的超能力力場擋了下來。就像保護地球免受太陽風電漿吹襲的磁場圈。

「……小、金……！」

緋緋色金帶有光澤的表面上，映出在我背後白雪的身影。她朝著我伸出雙手的樣子，讓我明白發生了什麼事。她是擠出自己所剩不多的力氣，創造出保護我的力場了。

——轟——轟！緋色的斥力一波接一波襲來。

但我反而是「碰！碰！」地用櫻花往前踏出腳步。

這是——斥力與引力的競爭。

……戰與戀的勝負……！

因為每踏一步就要使用一次櫻花，讓我體力消耗相當激烈。

即便有白雪幫助，無法完全擋下的熱風還是颳到我的身上。

好熱，好燙，簡直要燒起來了。

好難受，好痛苦。

但戀愛想必就是這樣的東西。

所以——

「……嗚喔喔喔喔喔……！」

我繼續接近緋緋神。繼續接近緋色的烈火。

距離越是靠近，緋色狂風的威力就越強。

到現在已經像是波動的火焰——

「別過來，遠山……！很燙吧？快退下！」

緋緋神亞莉亞似乎還是無法從緋緋色金的ＵＦＯ上移動的樣子。

自己不動，只會一直增強攻擊威力，拚命想讓我退下。

「反正我剛才在雪山上冷過一場，現在熱一點也剛剛好。」

穿過不斷襲來的火焰波動，我一步一步接近亞莉亞。

兩人之間的距離……

還有七公尺。

「妳這個表現，套理子的講法，就是傲嬌中強勁的傲對吧？」

聽到剛才被調侃的我以眼還眼如此說道——

嘩啊啊啊啊啊啊……！緋緋神亞莉亞徹底臉紅起來，露出女孩子在吵架時被對方說中心事的表情。

既羞恥，又氣憤的表情。

「少、少、少在那邊一副什麼都知道的樣子！教人火大……！」

「火大？那真是讓人高興。」

「為什麼啦！」

「因為感情順利的男女，通常都是從差勁的第一印象開始的。」

面對說著爆發模式風格的臺詞，「碰！」一聲又接近一步的我……

「——！」

緋緋神亞莉亞滿臉通紅，掀起水手服的裙襬——

——拔出銀白色的 Government。

緊接著，磅咻咻咻咻！

伴隨與通常開槍不同的聲音，朝我射出施加超能力的加速彈。

彈速推定約八~九馬赫，絕對避不開。無論往右往左，還是往上往下。

因此——鏘噹噹噹噹噹噹噹噹！

我從正面直接砍斷了那顆.45ACP彈。

用那把原本是薩克遜劍的馬尼亞戈短刀。

——揮刀斬彈。

這是我和亞莉亞最初聯手合作的大案件中，我與理子戰鬥時使用過的招式。

被砍成兩半的子彈分別從我臉部的左右兩側飛過。

——轟！隆！

就像跟隨在後似的，兩股熱風從前方與斜下方朝我襲來。

「遠山！你為什麼要否定我！為什麼不想活得快樂點！為什麼不用戀愛與戰鬥遊玩！」

呼咻咻咻！兩把劍切開熱風，從緋緋色金的左右兩側像電風扇的扇葉般旋轉，往上飛向緋緋神亞莉亞。是歷代緋巫女們留下的青銅劍。

「人生不就是一場遊戲嗎！」

緋緋神亞莉亞用宛如大手般的雙馬尾將那兩把劍保持旋轉、朝我投擲過來。

我則是挺身向前，用小指與無名指夾住自己的短刀——

——啪——啪！

「因為那兩者，我都不是抱著遊戲心態。」

用左右兩手的雙指空手奪白刃接住那兩把劍。

這是亞莉亞、白雪和我——跟現在同樣的成員以前在地下倉庫戰鬥時，我擋下貞德的劍的招式。

「——我要……殺了你！遠山，我不再放過你了！」

酷似亞莉亞跺腳發脾氣的緋緋神掀起裙襬，把漆黑色的 Government 也拔出來——

磅！磅磅！這次用雙槍對我射出超加速彈。

「緋緋神，如果我有殺妳的意思，妳現在早就死啦。」

面對以四馬赫飛來的子彈，我丟下青銅劍——把左右雙手的指頭交叉成＃的形狀——使出在東京車站對昭昭姊妹用過的徒手偏彈。

透過在接觸瞬間使用秋水的方式，最近就算沒戴大蛇我也能使用這招了。

「妳可以一直活下去，生死觀和人類不一樣。即使喪命也只是借來的肉體，不是妳本身。所以妳會認為死了也還有後路，還有下一次。就是這想法讓妳全身都是破綻。」

接著又有超音速彈飛來，於是我也拔出貝瑞塔使用彈子戲法——與弗拉德交手時用過的那招彈開子彈。而且不忘現在空間在緋緋神的影響下被扭曲的事情，精確計算準星的偏移程度使用曲線射擊。

「然而人類沒有後路可退，只要一死就結束了。所以會背水一戰。光是在這點上，我對戰鬥行為賭上的信念就比妳更強了。」

撐過子彈暴風，總算用櫻花踏出一步的我——

腳已經踏上緋緋色金ＵＦＯ的邊緣。

距離緋緋神亞莉亞剩下五公尺。

「別過來，遠山……不要再接近我！」

「妳在害怕戀愛嗎？虧妳是主司戀愛的神。」

然而，男女之間的五公尺是很遠的一段距離。

「嗚哇啊啊啊啊！」

伴隨炙熱的波動，緋緋神亞莉亞「磅磅磅磅！」地用Government對我連射。

在與火焰難以分辨的那股波動中，我使出在華生一戰中用過的螺旋偏移子彈，或是對付黑道時用過的徒手抓彈抓下子彈丟到一旁。

「妳利用孫、霸美與亞莉亞——一直以來都只在客場戰鬥。只會在遠處操控棋子，不習慣直接面對面交手。所以只要和總是用自己的身體與敵人直接交手的我展開主場戰……在那時間點妳就已經被逼到絕境啦，緋緋神！」

碰！我的腳開始爬上緋緋色金的斜面。

緋緋神亞莉亞現在可說是身在火焰之中。

我則是撥開那團火焰，朝她走過去。

距離越近，溫度就越高。隨著接近緋緋神這個熱源，我甚至有種自己和火焰化為一體的錯覺。

彷彿被那熱氣融化般，我的意識開始變得模糊。

我現在是否真的在前進？

雖然還有意識，但是——

身體就像燃燒起來一樣。

『金次。』

老爸。

是老爸的……

聲音。

我好像聽到了……

『金次。』

已經殉職的、老爸的聲音。

小時候和老爸之間的對話，在我腦中重播。

宛如跑馬燈般，緩緩地……

『HSS並非最強，而是最弱。因為世界上有一半的人類可以輕易殺掉我們HSS持有者。』

世界上一半的人類？

那是、誰？

『就是女人。只要為了女人，我們HSS持有者連性命都會捨棄。』

如果不希望變成那樣，該怎麼辦……

『讓前來殺死自己的女人迷上自己就行了。』

怎麼做？

『愛對方。』

愛……

『這麼一來，ＨＳＳ就會從最弱變成最強了。』

──在火焰中，我與緋緋神亞莉亞──

接觸了。

雙馬尾形成的大拳頭從左右兩側揍過來夾擊我……我則是右邊使出櫻花、左邊使出橘花架住……然後用絕牢旋轉彈開，打開馬尾形成的門。

進入對緋緋神亞莉亞伸手可及的範圍內。

可是，就差這一步。

在熊熊燃燒的緋緋色金上──

我──早已斷氣了。

保持著站立的姿勢。

我知道……

我的心臟停止了。

就像與理子交手時，在遭到劫持的飛機上……當時的亞莉亞一樣。

「──」

武偵憲章！

第十條！

（——回天——！）

不要放棄！

武偵絕不放棄！

隨著垂死爆發覺醒，我用亞音速震盪自己的心臟。

讓心臟在自己的肋骨內側撞擊彈跳，透過恐怕是世界上最粗魯的心臟按摩——

讓自己、甦醒過來。

然後……

「——！」

逼近最後一步。

「……！」

現在在我眼前，可以看到……

緋緋神亞莉亞驚訝睜大的紅紫色眼睛。

她接著跳起來，想要把我從緋緋色金上踹下去。於是我抓住亞莉亞的腳——膝蓋的內側，以及她的背部，用久違的——公主抱姿勢抱住她。

就像初次見面時，我在體育用品倉庫對她做過的一樣。

然後……

「這片櫻花吹雪——」

戀愛的男女彼此接近。

讓兩人之間的距離縮短為零。

簡單講，就是這麼一回事。

哦哦，放心吧。這是在烈焰中發生的事情，誰也——就算是白雪也看不見的。

這裡是只屬於我們兩人的、火焰的——緋色的城堡。

「——妳可別說妳忘記囉？」

最後，我總算……抵達了亞莉亞那宛如櫻花瓣似的嘴唇。

『啊啊……』

在我腦中可以直接聽到。

緋緋神心中驚訝的聲音。

『在戀愛。』

緋緋神。

我的致勝的原因……

就是因為緋緋神，妳是個女的。

妳盡情戰鬥，我盡情戀愛。

『在戀愛。在戀愛。在戀愛。』

所以這下妳應該滿足了吧？

然後……

醒過來，亞莉亞。

讓睡美人醒過來的方法，就是接吻吧？這是以前大哥也說過的話。所以，沒什麼好奇怪的。

不出我所料——

這段接吻的前半是緋緋神，到後半……就漸漸變成亞莉亞的感覺了。

——啊啊，亞莉亞。

妳辦到了。

以眼還眼，以牙還牙，**以附身還附身**。

（……妳果然是個在勝負上很強的女人啊……！）

就是要這樣。

不然我會很傷腦筋的。

畢竟妳和我可是同生共死的搭檔！

「噗哈！喂！不要得意忘形！這個笨蛋金次！」

碰！

一顆小拳頭朝我的臉部中心・中央放出一記直拳。

這個被揍的感覺。

是亞莉亞。

亞莉亞回來了！

唰——！緋色的強風化為漩渦朝四周擴散、消失——

「……亞莉亞……！」

總算看到緋緋神被我用公主抱抱在手中……而且變回了亞莉亞，讓白雪驚訝得大叫出來。

沒錯。

亞莉亞在和金女交手時——抱著『以眼還眼，以牙還牙，以科學還科學』的想法——裝備尖端科學的滯空裙甲，挑戰金女的尖端科學兵器。

我腦中剛才回想起的品川畫面，就是當時成為戰場的火力發電廠。

而這次，她則是**『以附身還附身』**。

雖然是新手但至少學過超能力的亞莉亞，透過急就章的應用技——取代了緋緋神。為了把被奪走的身體搶回來，反過來覆蓋對方的靈魂。

這種事情，她竟然沒有任何事前練習就辦到了。

「亞莉亞！妳也是只要有心就辦得到嘛！了不起！」

感動至極的我，忍不住再度抱住亞莉亞嬌小的身體。

可是……

碰！

這次不是臉部，而是後腦杓不知道被什麼堅硬的東西敲到了。

「……痛死啦……！」

「金次！瑣碎的事情等一下再說！快點……我們快點避難！」

從抱著後腦杓蹲下身體的我手中跳下來的亞莉亞，把緋緋色金的ＵＦＯ當成溜滑梯，「咻！」的滑了下去。

一聲道謝也沒有就被丟下來的我，頭上與背部接二連三被岩洞天花板上掉落的石頭敲到。

「……！」

這個岩洞漸漸在崩塌。

「這地方的地基……地脈？似乎一直以來都是緋緋神用亂來的方式撐住的。現在要崩塌了。」

抬頭仰望的亞莉亞忽然說出這種超能力方面的臺詞。而在她對面，我看到從這大房間出去的通道──伴隨大量鳥居漸漸崩壞。

（不妙……！）

再這樣下去，會被活埋的。

於是我也從緋緋色金上衝下去，但崩塌的速度更快。

現在已經變得像從天花板落下沙石雨的狀態了。

「……怎麼會，神奈備竟然會壞……明明千年以上無論遇到多大的地震都沒有崩塌過的說……！」

大概是萬萬沒想到岩洞會崩塌的關係，白雪驚慌失措地東張西望——就在這時，從她上方……汽車大小的一塊岩石……掉落下來了！

「——危險！」

我和亞莉亞同時撲向白雪，把她拉到緋緋色金的方向。

千鈞一髮之際——

——轟隆隆隆隆隆隆……！

隨著打雷般的轟響，岩盤擦過白雪身後掉落下來。

這塊岩石崩落大概就像立體拼圖被抽掉一片，巨大的岩塊緊接著陸陸續續掉落。

這下已經不是考慮能否逃脫的狀況了。

……必須先想辦法保護生命安全才行。

（……！）

從岩壁剝落的玻璃質飛塵瀰漫四周，讓人幾乎看不到周圍的狀況。不過我感覺得到自己的手抓著白雪，亞莉亞也在。

於是我——碰！碰——把那兩人推到緋緋色金UFO的表面上。

然後為了盡量減少被落石擊中的機率，讓她們密集坐在一起。大概被壓到牆壁上的時候女孩子在本能上會把身體縮起來的關係，那兩人都乖乖照做了。雖然因為塵土飛揚讓我看不清楚，不過亞莉亞應該是抱大腿蹲坐，而白雪則是維持小鳥坐。

如今我只能聽由天命了。

「……嗚……！」

我用手撐著緋緋色金，覆蓋在那兩人上方，把自己的背部當成屋頂。

有如從正上方掃射般，石塊接二連三擊中我的背部。當中甚至有的岩石尺寸幾乎要粉碎我的脊椎。

這樣的痛苦折磨不斷持續，一下痛一下不痛地讓我的心都快被擊敗了。

岩石漸漸積在我的背上，越來越重。

雖然因此讓我被落石擊中的疼痛緩和下來了，可是重量隨著一分一秒增加——

（……嗚、嗚……！）

我忍不住單腳跪了下去。

因為緋緋色金持續微微發亮，讓視野不至於一片黑暗——但我的眼睛開始變得模糊，口中都是從體內湧上來的血味。

（難道、已經極限了嗎……！）

可是在我下方還有縮在一起的亞莉亞和白雪。

我必須保護她們兩人……！

「金次！」

「小金……！」

亞莉亞和白雪的聲音聽起來好遙遠，明明她們就在我眼前的說。

可惡。好不容易活到現在，好不容易贏到這裡的說。

難道我、難道我們……

要以這種方式、在這種地方……

（……結束、了、嗎……）

一股強大的力量從正上方壓下來，讓我不得不往前倒下的時候——腳下忽然傳來有如巨大銅鑼被敲打的轟響，讓我們被**彈了起來**。

亞莉亞和白雪紛紛抱住我的身體，隨後……彈跳起來的身體又摔落到地上。

本來以為我們三人接著要被岩石壓死……但並沒有。

「……嗚……」

從上方壓住我的岩石只是從我背上落到一旁而已。我的身體名副其實地變成如釋重擔的狀態。

我扭動倒在地上的身體，勉強用模糊的視線仰望上方……

發現我們三人在剛才的崩塌中被變得像蹺蹺板的緋緋色金甩下來，甚至摔到緋緋色金下方形成的斜面空間中——

——奇蹟似地得救了。

之前就覺得形狀像斗笠的緋緋色金ＵＦＯ在偶然中真的變成一頂斗笠……從接連不斷的岩洞崩塌中保護了我們。

這份幸運，看來要歸功於瑠瑠和粉雪為我祝福呢。

「崩塌……要結束了。」

亞莉亞摸著宛如變成天花板的緋緋色金，小聲呢喃……

敲打巨大銅鑼般的崩塌聲停息下來了。

（……）

因為緋緋色金微微發亮的緣故，周圍看起來就像身處一間紅色燈光照明的房間中……

然而看起來似乎沒有出口。

被活埋了嗎？剛才還想說自己很幸運的，但世事看來並不會盡如人願。

不過……

「……總之，這次算是被緋緋色金救了一命是吧。」

雖然被關在地底，但至少三個人都還活著。

我抬頭看向緋緋色金的屋頂，不禁苦笑——

「明明到剛才還是敵人，到最後卻在偶然之下變得好像自己人一樣啦。」

亂碰周圍的岩石搞不好會破壞現在的平衡，於是我乖乖坐到地上。

我身上似乎到處都在流血的樣子，不過因為緋緋色金的光，讓血看起來不顯眼。

這樣也好，反正看到傷口也只會讓人感到難受而已。

「事實上應該就是那樣喔。金次，**這個**就是你的特技呀。」

亞莉亞仰望成為天花板的緋緋色金ＵＦＯ的底部，如此呢喃。

這話聽起來好像她對這場九死一生的奇蹟有什麼看法的樣子。

「『這個』是什麼啦？」

「——你不是每次都會讓交手過的對手變成夥伴嗎？那招看來對緋緋神也有效呢。」

面對露出犬齒對我笑的亞莉亞……

我腦中雖然閃過像弗拉德、莎拉、妖刕&魔劒等等多到數不清的反例，不過……

「那這次就當成是我的功勞吧。等一下記得付我錢。」

我還是沒放過向有錢的亞莉亞小姐賣人情的生意機會。

畢竟一路到這邊，我也花掉了不少經費嘛。

可是——面對真的打算提出請款單的我，亞莉亞卻是「呵呵，金次真難得會說這麼有趣的笑話呢」地笑了。

（……亞莉亞……）

眼前這個亞莉亞……

無論身心……都是真正的亞莉亞。

那可愛的笑臉，讓我都怦然心動了。

妳也總算從緋緋神的詛咒中得到解放啦。

相對地，白雪則是——

「……小金，亞莉亞……對不起……我一直以來、隱瞞兩位、這麼重要的事情……」

她因為一直在哭的關係，沒注意到我的傷勢……讓狀況至少沒變得很煩人。

就在我想了一下該對白雪說些什麼的時候……

「妳隱瞞得根本就不徹底吧。好啦，別哭了。」

討厭悲傷氣氛的亞莉亞挺起她平坦的胸部，搶先如此說道。

的確，事情重大到這種程度……

讓人都沒有想責備她沒說的念頭了。

更何況還要考慮到白雪本身的個性。

我反而想稱讚她在最後的最後願意大致向我說明呢。

「剛才神奈備崩塌的時候……我想說這一定是自己遭天譴了。可是，小金和亞莉亞卻救了我……」

就在大眼睛中盈滿淚水的白雪似乎打算囉囉嗦嗦向我們道謝的時候——

「那是武偵憲章第一條啦。不，是更基本的道理。拯救同伴難道需要什麼理由嗎？」

亞莉亞聳聳肩膀，又打斷了白雪的話。

我也同意亞莉亞的說法。

這些真的都不需要什麼理由。

無論是在剛才的崩塌中拯救了白雪，還是我為了拯救亞莉亞來到這裡。

男人拯救女人，不，人拯救人——

是不需要任何理由的。

一段時間後，從人類無法穿過的狹小岩縫間……一顆眼熟的和風五彩線球自己滾了進來。

「——是玉藻啊。」

坐在地上的我叫了一聲後……噗！

隨著一陣白煙，五彩線球變成了趴在地上的玉藻。

雖然身體角度上是安全的，但真的拜託妳不要穿著那種迷你裙和服趴在地上啦。妳又沒穿內褲。

因為玉藻是『殺掉緋緋神亞莉亞』派的人，我姑且提高了警戒——而在神道業界中玉藻似乎算是上位者，於是白雪端正跪坐著……

但玉藻本人卻是……

「……怎麼，怎麼！亞莉亞，汝附在緋緋神身上了嗎？」

看著亞莉亞，無比驚訝地用力睜大雙眼。

「大概是吧。」

「如、如何辦到的？」

「我只是靠想像而已。我小時候有讀過繪本上描寫人被幽靈附身，我就當作自己是那個幽靈了。」

雖然我聽到亞莉亞的『小時候』發言很想吐槽她『現在還不是很小？』但那樣一定會被她開洞，我就閉嘴了。

「沒必要那麼驚訝吧？我只是用緋緋神對我做的事情還以顏色而已呀。既然對方能取代我的精神，反過來我當然也可以做得到。」

「……當……」

「……當然……」

面對得意挺胸的亞莉亞，玉藻和白雪都張大嘴巴說不出話。

「亞莉亞，即便汝是只靠『想像』就能使用術法的天才，想要附身——緋緋神應當也沒破綻才是。緋緋神那強勁的式力障壁，汝是如何通過的？」

雖然開口詢問的玉藻露出一臉看到超能力天才、神童的表情，但依我來看——亞莉亞應該不是什麼天才，她單純只是能夠靠直覺找出通往勝利的路徑，在關鍵時刻能發揮金氏世界紀錄級的強度而已。

「障壁？妳是說緋緋神和金次在交手時看到的那個像牆壁一樣的深紅色東西嗎？可是那個在金次靠近的時候……又出現另一片薄紅色的牆壁，疊在一起，然後就互相抵消了呀。」

「……戀與戰的超傳導……！」

「絕、絕對零抵抗……那、那可是最新的心技呀。」

驚愕的白雪和玉藻看起來只有她們自己在超能力領域中理解了這件事——於是我要求她們說明了一下——

當緋緋神的心中，戀愛與戰鬥兩種相反的感情混雜在一起高昂起來……用理子語來說就是**傲嬌**狀態發生時，能夠與她產生共鳴的人便能毫不受抵抗地進入她的心中。就好像在臨界溫度下電阻變零的超導體一樣。

……呃、就算拿物理學的東西當例子跟我解釋……物理成績很『那個』的我聽到最後還是一頭霧水啊。

反正我是個外行人，以後那一類的事情乾脆就別多問，全部丟給白雪處理好了。畢竟以前玉藻也說過，星伽和遠山要分盡職責嘛。

話說那個玉藻……

雖然和天生眼神凶狠的我用更凶狠的眼神瞪著她的事情似乎沒什麼關係，但已經沒打算殺害亞莉亞的樣子。她剛開始還因為亞莉亞的緋緋神化問題以完全出乎預料的方式獲得解決而感到驚訝，不過理解、確認危險性已經去除的速度也很快——接著靠近亞莉亞說出「竟然是真的附身了緋緋神，實在奇妙……」這種話，明明她自己的存在才莫名其妙的說。然後目不轉睛地盯著亞莉亞，又聞聞她的味道。靠氣味能知道什麼事情嗎？

「啊……小金，電波，電波來了……一格……」

「嗯、嗯嗯？」

聽到白雪系的女生說出『電波來了』這種話，會讓人莫名有種恐怖的感覺，於是我稍微提高警覺把頭轉過去——發現她手上拿著一臺輕巧白的手機。搞什麼，原來是在講手機訊號啊。

仔細一看，發光畫面中的訊號圖示的確有亮一格。

粉雪說過神奈備應該收不到訊號，不過大概是天花板崩塌讓電波可以送進來了。

事到如今，已經不是去在意這地方禁止外人出入什麼的狀況──

於是我指示要請人來救援，而白雪也乖乖聽話了。

白雪向妹妹們巧妙解釋事情的大致經過後，接到星伽家聯絡的弘前消防署分局便派出了救援隊。而為了告知待救者──也就是我們的正確位置，玉藻穿過岩縫滾了出去……

緋緋色金底下又只剩下我、亞莉亞與白雪三個人了。

「救援隊要三個小時才能趕到。對不起喔，因為星伽家位於深山中……」

「那樣到我們被救出去都不知道要花上幾小時了。一邊睡一邊等吧。」

就在我和白雪如此對話的時候──

「哦～」

一旁的亞莉亞手扠著腰站直身體，抬頭仰望緋緋色金帶有光澤的底部。

「原來妳是在煩惱那種事情呀。」

……總覺得，她好像在自言自語的樣子？

看著UFO架出來的天花板。

「用不著覺得丟臉，我也能理解妳的心情。」

「搞什麼？亞莉亞，妳在跟誰講話？」

「跟緋緋神。我想知道這孩子為什麼會這麼叛逆，就窺視了一下她的心。」

嗚哇……

妳的發言已經完全是個超能力者啦，亞莉亞。

「咦？嗯……說得也是，那就讓妳講話吧。」

亞莉亞抬著頭如此說道——

結果在光滑如鏡的緋緋色金天花板上，映出像女孩子一樣的影像……

化為紅色的靈體冒了出來。

看起來就像從上下顛倒的水面浮出來似的。

「……嗚……」

我和白雪在感到驚訝的同時，臉紅起來。

因為那個靈體，是全裸的——把雙馬尾解開為長直髮的亞莉亞外觀。就跟在美國以全裸的莎拉博士外觀現身的瑠瑠神一樣。

亞莉亞看到上下顛倒的自己光溜溜的樣子……

「～～～～～為什麼是全裸啦！」

當場臉紅到即使在淡淡的紅光中也能清楚看出來的程度。然後……

「——給我穿上衣服！小心我開妳洞喔！」

「我、我們並沒有固定的形狀呀！所以通常會借用在場的人類不會攻擊的女性外觀。就算妳的個性再怎麼好戰，也不會隨便攻擊自己吧？」

應該是緋緋神……的靈體一邊發出聲音解釋，一邊「啪！」地用看起來像水手服的霧氣包覆自己身體。

「什麼叫好戰啦！我才沒有妳那麼嚴重好嗎這個廢渣！」

亞莉亞……面對被稱為神明的外星生命體，還是這麼高高在上啊。真不愧是天生的貴族大人，對看扁人的行為毫不猶豫呢。

亞莉亞緋緋神姑且壓著裙襬上下旋轉後……在亞莉亞身邊很不情願地盤起腿，飄在空中。

「那麼，緋緋神，我可以告訴這兩人妳真正的想法嗎？」

「就算我說不行妳也會講吧？」

「只要跟他們解釋一下，或許還有斟酌考慮的餘地喔？」

「……」

聽著亞莉亞和緋緋神的這段對話，就在我和白雪露出「？」的表情時……

「這孩子，說是想見媽媽啦。可是因為見不到，所以在鬧彆扭的。」

被亞莉亞爆料出這種事情，緋緋神頓時害臊地把臉別開。

（……媽媽？）

如果瑠瑠神跟璃璃神是緋緋神的姊妹，她們會有母親其實也不值得驚訝啦。可是……

『想見面』又是什麼意思？

「我附到緋緋色金上，看過了她的記憶。很久很久以前，像隕石一樣穿梭在宇宙的緋緋、瑠瑠、璃璃三姊妹……在通過地球附近的時候，被引力抓到而墜落下來了。這種事情似乎就跟在大海上船與船偶然相撞一樣是機率非常低的意外事故。雖然時間點不同，但因為三姊妹是列隊飛行，就依序掉落下來了。」

亞莉亞描述的緋緋色金記憶……

和地球方的星伽家觀測到的『緋緋色金是從天上墜落下來』的傳承相符。

「──以你們地球人的分類來說，我們是屬於自由浮動行星。不受其他天體重力束縛，直接在銀河中公轉。就算體積很小，也是比地球還要高等的星球喔。」

我覺得星球沒有所謂高等低等之分才對，不過緋緋神很得意地挺起她的胸膛。

「所以說，我們沒有像你們人類那種動來動去的習性。我們只會扭曲與自己最鄰近的空間，接受恆星放出的電漿，像帆船一樣移動。因此只能在宇宙空間移動，而且說移動也頂多只是緩緩轉換方向而已。」

說出這種『我就是來自宇宙』發言的緋緋色金──

的確雖然形狀很像ＵＦＯ，但並沒有在地球上自律飛行。

要說會動還是不會動，應該算不會動。在我們眼中看來，就跟石頭一樣。

「這個星球的引力很大，而且因為有磁場的關係，幾乎接收不到恆星放出的電漿。所以我們變得沒辦法回到宇宙，只能在這地方活下去了。」

緋緋神抬頭看向現在變成屋頂的自己──另一側的天空──

彷彿在仰望宇宙的她，眼神帶有悲傷。或許就像亞莉亞剛才說過的，她在思念遠方的母親吧？

亞莉亞現在對緋緋神的語氣之所以莫名帶有同情……

應該是因為亞莉亞的母親也是受冤罪入獄，讓兩人一直見不到面的關係。

「妳的那個……母親，就在宇宙嗎？」

看到亞莉亞那樣悲傷的表情，連我都忍不住對緋緋神同情起來……擺出願意接受商量的態度。

「在。」

「什麼顏色？」

「金色。」

「那就是金色金了。」

總覺得身為超級外行人的我好像把話題帶偏了，不過緋緋神還是回應我的對話：

「媽媽讓自己的粒子沿著地球的衛星軌道旋轉，一直保佑著墜落下來的我們。媽媽可是很厲害的，即使質量小，輸出也很大。而且因為很溫柔，甚至還多少會幫助人類喔。會把自己的力量分給做出古墓或金字塔型接收器的人類——像你的大嫂佩特拉就有分到力量不是嗎？那就是我媽媽的力量。」

話題偏遠的同時，竟然爆出了色金與遠山家之間意外的關聯性。

這麼說來，以前希爾達在天空樹上有說過『佩特拉的力量是來自星星』之類的話，原來就是這個意思啊。

不過，這部分老實講並不重要——

開心炫耀自己母親的緋緋神露出的笑臉，就跟她外觀原型的亞莉亞一樣……不知道該不該說是有點戀母情結，似乎很喜歡自己媽媽的樣子。

而讓自己的粒子——大概就是自己身體的一部分沿著地球衛星軌道旋轉，保佑著女兒們的金色金，或許也是抱著母親關愛小孩的心情吧。

然後她們之間這份親情，是被地球的重力阻隔的意思。

我剛才透過犯罪心理學，推斷出緋緋神追求刺激、企圖引發戀愛與戰爭的動機——是源自於某種欲求不滿。現在看來那就是一種類似鄉愁的心情。因為墜落到地球，回不去母親所在的宇宙而感到的悲傷。還真是壯大啊。

然後，這想必是無可奈何的事情吧。畢竟這傢伙沒辦法像我們地球人幻想出來的UFO那樣自由飛翔。

沒錯，色金們再也無法離開地球了。

而既然回不去……

緋緋色金決定在地球上愉快生活，但她妹妹璃璃色金和瑠瑠色金則是認為那樣做會破壞地球環境而企圖制止。最後就演變成色金姊妹之間的骨肉相爭了。

正當我在腦中整理出這樣悲劇又科幻的狀況時……

「緋緋神——妳還真是容易放棄事情呢。」

擺出歐美人常見的『真受不了』姿勢的亞莉亞，對亞莉亞緋緋神嘆了一口氣。

「？」

我、白雪和緋緋神都望向亞莉亞，亞莉亞則是目不轉睛地盯著緋緋神……

「我會幫妳想辦法的啦，緋緋色金。妳不是想回到宇宙嗎？話說，就跟宇宙是有限的一樣，生命也是有限的。找事情打發時間固然不錯，但也要做自己真正想做的事情才行呀。」

認真地如此說道。

不恭敬，也不鄙視。純粹用一個地球人對外星人講話的態度。

「星球也是總有一天會死吧？活著的時候不去做真正想做的事情，進棺材的時候可是會後悔喔。既然妳想見媽媽就不要在那邊消磨時間，快去見她呀。」

「妳說得簡單，但我別說是宇宙了，連1mm都飛不起來呀。所以我再也見不到媽媽了。辦不到的，不可能的……」

「她是這麼說，那你覺得呢？『化不可能為可能的男人』先生？」

和緋緋神對話的亞莉亞忽然把話題丟給我，於是——

「說什麼『辦不到』可是會被開洞的，我勸妳別說比較好。另外還有『好累』跟『好麻煩』也是。」

我姑且勸告了一下緋緋神。不過……

「……話雖如此，但我也覺得這難易度有點高喔？要讓這玩意回到宇宙什麼的。」

我伸手敲一敲天花板，皺起眉頭對亞莉亞如此說道。

「金次，你也太浪得虛名了。要不要從今天起換我當『化不可能為可能的女人』算了？」

亞莉亞露出淘氣的笑臉後，拿出她珍珠粉紅色的手機。

這是什麼狀況？

總覺得有種不好的預感啊。

而且就像是要讓我的不安加速似的，亞莉亞接著問了白雪一個奇怪的問題：

「白雪，你們族人一直以來都在照顧這個巨大的緋緋色金對吧？」

「呃、嗯。」

「那從現在開始，我也來照顧它。反正歸根究柢是同樣的事情，妳可別妨礙我喔。」

「？」

然後……

亞莉亞飄起粉紅色的雙馬尾轉身回去，對緋緋神也問了一個奇怪的問題：

「那麼，緋緋神，讓我問妳。我看過妳的心之後有件事情依然不是很明白——關於妳的能力，我能在多遠的距離下使用？」

「只要妳胸中的緋彈沒有摘除，妳都可以透過它讓自己的心和我的心連接。色金一即是全，全即是一。那個連接方式是經由次次元空間，所以跟三次元空間的距離遠近完全沒關係。」

「ＯＫ，那我們就來場交易吧。武偵是萬事通，武偵的工作不只是強襲、逮捕罪犯而已，偶爾也會像這樣經手別的工作。」

「？」

「我來實現妳的夙願，**讓妳回到宇宙**。」

在交涉事情上其實頗強的亞莉亞，彷彿要吞沒緋緋神似地如此宣告。

「咦！」

「喂！」

「咦咦？」

緋緋神、我和白雪同時驚訝大叫——

但亞莉亞卻不由分說地繼續說道：

「相對地，我也會向妳索取酬勞。我要妳讓我變得一如曾爺爺賜給我的稱號，成為真正的——『緋彈的亞莉亞』。」

——緋彈的亞莉亞。

那是夏洛克・福爾摩斯在伊・Ｕ傳承給亞莉亞的榮譽稱號。

其意義是指能夠把緋緋色金的力量運用自如的超能力者。

目前還只是概念上的存在，超越現代超能力者的——

——超超能力者。

「也就是說，要無限制讓我使用妳的能力。法結保持現狀，心結只在我向妳說話的時候才開通。另外就算慢慢來也沒關係，告訴我那些超超能力的使用方式。目前我確切知道使用方式的也只有雷射而已。」

喂、喂，住手。

話說，亞莉亞，妳、妳已經知道那招的使用方式了嗎？

亞莉亞她——

雖然不清楚要用什麼方式，不過似乎打算把這個UFO丟回宇宙，然後索取報酬讓她可以完全靠自己的意志使用緋緋色金的力量。

「亞莉亞……」

就在這時，白雪發出有點像在警告的聲音……

「怎麼？妳想阻止我嗎？」

亞莉亞用她天生的寶藍色混雜緋紅色——紅紫色的眼睛瞥眼看向白雪。

「不是的。如果真的能辦到那種事，我也是求之不得。那是過去誰也沒想到、能夠半永久鎮靜緋緋神的方法。可是，呃……那樣的條件下，恐怕我……」

看到白雪對接下來的話難以啟齒的樣子，聽出內容的我決定代替她說出來了：

「亞莉亞，那樣會需要一個自制機制。雖然不是我們在懷疑妳，但萬一妳因為某種理由失控的時候，必須有人能夠出面阻止妳才行。因此需要一個監督員、保險網。白雪，這任務就交給妳了。妳們總有這類的技術吧？像殼金、色金殺女或是緋祓舞之類的。如果沒有，就開發出來。」

聽到我這麼說，白雪便點頭回應……

亞莉亞看來也沒異議的樣子。

很好！這樣一來至少可以預防亞莉亞和我吵架的時候放雷射，頂多只會像過去那樣開槍而已了。雖然這也依然有問題就是了啦。

「好呀，反正不是在非常緊急的狀況下我也沒打算借用那些力量。我想你們應該也沒懷疑到那種地步，但我也不會只是吵架或抱著好玩心態就用眼睛亂射雷射的。那樣會讓大家害怕我呀。」

呃，亞莉亞……妳一定沒注意到妳以前抱著好玩心態對拳擊機輕鬆打出一百公斤的紀錄，早已讓大家害怕妳的事情吧？

接下來就要看緋緋神怎麼回應了——

「……我現在已經被妳附身。只要心被抓為人質就會無從抵抗，是我至今反覆對人類做過的事情……也很清楚這個道理。好，我就接受妳的提議。畢竟等了兩千年回歸宇宙的機會，我也不想輕易放過。」

——就這麼決定了。

話說，真不愧是亞莉亞，從頭到尾都貫徹自己的作風呢。

武力、經濟力、政治力，無論遇到什麼問題她都用**力**強硬解決。

最後是超能**力**——這也是力的一種，連神明都被她拉攏為自己人了。真是受不了。

「那就契約成立囉。緋緋神，妳可以握手嗎？」

「想做也是做得到。」

「那就給我想做。來吧。」

就這樣，真的像地球人&外星人對話的亞莉亞&緋緋神——

把小小的手與像霧氣的小小的手緊緊相握。

哦~真的能握手呢……

看到這幕讓人不禁瞪大眼睛的和解情景……

「……這樣一來，事件就落幕啦。」

我小聲呢喃出最近經常錯失機會說的這句臺詞。

而白雪也露出一臉彷彿還在夢境中的表情望著歷史性的一握。

然而亞莉亞卻用眼角尖銳的紅紫色眼睛看向我——

「還沒喔，金次。武偵憲章第八條：任務必須徹底完成。按照契約，我必須讓緋緋色金回到宇宙才行。身為搭檔的你也要來幫忙喔。」

唉呀，我也早猜到她會要我幫忙了。

「那要怎麼做啦？」

「很簡單。」

亞莉亞說著，打開她剛才就拿出來的手機。

然後——

展開了至今最大規模的行動。

「聯絡ＮＡＳＡ。**我們到宇宙去吧。**」

2彈　STS-132-1/2

在化為小學女生的玉藻帶路下，救援隊於隔天早上總算抵達我們所在的位置——因為醫院距離遙遠，所以我暫時先被帶到星伽神社接受緊急治療了。

然後……在白雪、風雪、粉雪與華雪們的細心看護下徹底放心，輸給了爆發模式後的睡魔而陷入熟睡，就是我最大的失誤。

「來，我們要出發啦，金次！快醒來！真是的，乾脆把他睡著抬走吧。白雪，妳搬他的腳。」

雖然我有聽到亞莉亞的聲音，但因為我從伊．U一路到這裡不斷發動爆發模式的關係——加上緋緋神問題暫告一段落的安心感，讓我的大腦新皮質似乎決定讓至今累積下來的疲勞全部一起恢復的樣子。因此我雖然有清醒到微微睜開眼睛的程度，可是腦袋並沒有更加清楚。

被亞莉亞又拖又拉的我，模模糊糊看到的是……大概在挖掘神奈備的陸上自衛隊與民間怪手車，以及降落在星伽神社空曠停車場、印有駐日美軍徽章的的V－22魚鷹傾轉旋翼機。坐進裡面、垂直升空後，又透過座艙螢幕看到下方攝影機影像——

在白雪她們那一大群星伽巫女們全員出動注目下，被懸吊廢棄車用的那種電磁起重機……懸掛在這臺魚鷹旋翼機機外掛鉤下方的緋緋色金……

還有，彷彿和那緋緋色金相融合的天色……

（……夕陽……）

也就是說，我已經睡了二十個小時左右。但還是好睏。

對於究竟發生了什麼事，好像明白又好像不明白。

就在我承受不住睡意而再度閉上眼睛的時候……

「到佛羅里達要幾小時？」

我聽到緋緋神模模糊糊的聲音，以及……

「大概要整整一天的時間吧。包括途中在英國海軍的空母上加油的時間。不過還真討厭呢，畢竟被金次搭上的飛機，每次都會墜落。」

同乘的亞莉亞如此嘀咕著，戳了我一下。

「哦，是啦……」

於是我昏昏沉沉中隨口回應了一句。

嗯，好，就當作我還在夢境中吧。畢竟亞莉亞居然可以隨意調動美軍跟英國海軍來搬運緋緋色金，這種事情根本不可能會發生嘛。

雖然在夢中講這種話很奇怪，但我就來睡個回籠覺好了。然後醒來之後，肯定是『一切只是一場夢』的超有趣發展在等著我。

（對，這只是一場惡夢而已……）

雖然說，傾轉旋翼的聲音聽起來莫名現實就是了。

嗯，這當然不是什麼夢啦。該死。

V－22降落到航行於阿拉斯加海域的英國海軍空母皇家方舟號後，只有自己穿著毛皮大衣的亞莉亞對冷到發抖的我命令一句「快去吃飯上廁所，加完油我們馬上再出發。」後便出去了，而且還帶著飄在半空中的緋緋神。

被旋翼的下吹氣流吹亂瀏海的我，下機來到被灰色的天空與海面圍繞的甲板上一看……

因為平常都是海王反潛直升機之類的機體起降用的飛行甲板上，現在竟然是V－22掛著一臺紅色UFO降落的關係，航空隊與艦橋人員都紛紛瞪大眼睛叫著：「噢噢神啊（Oh my Gosh）。」

先姑且不管這場騷動，肚子的確已經很餓的我「呃……不好意思……」地進入艦橋後，向一名看起來個性親切的黑人船員說明狀況，總算在走廊上享用了剩餘的三明治與茶包紅茶。後來我才聽說，亞莉亞倒是被招待到士官專用餐廳，吃了烤牛肉和大量的薯條。我會怨妳喔？

總之，把空母當成國道休息站一樣使用的亞莉亞小姐……

我猜大概是利用了英國霍華德王子之類的門路。不過這次的UFO運送行動中，美軍也有參一腳，這方面她又是怎麼辦到的？

……總覺得很想知道，又不太想知道啊。

後來V－22花了半天的時間從北美東北方橫越到西南方，這次來到熱死人的佛羅里達州大西洋海岸──

在甘迺迪太空中心上空，才終於轉換為直升機模式了。

（……這地方，我在『世界奇觀大發現！』節目上看過呢……）

在幾乎呈現立方體、巨大到讓人難以置信的太空梭組裝大樓正前方……V－22將緋緋色金輕輕放下。

就在我漸漸猜出接下來要做什麼事情而露出吃了一百條苦瓜的表情時──

「來，尼奇，這是你的設定。」

看起來有點開心的亞莉亞遞給我一份A4文件。

「誰是尼奇啦……」

「You ARE Nicolas.（就是你。）我是潔西卡。NASA在『這種時候』會使用一套虛構科學家的名冊喔。」

假名的意思是吧。話說亞莉亞這傢伙，忽然給我開始講起英文了。

不過，為什麼需要用假名啊？

呃，雖然我多多少少已經猜出來了啦。

但個性上對於不好的事情直到最後一刻前都不想聽到的我，只能把嘴巴凹成「ㄟ」字形，吊起一邊眉毛，默默看向亞莉亞……

而潔西卡，也就是亞莉亞看到我這動作，倒是瞇起眼睛「呵呵」地笑了一聲。

用那可愛到讓人想錄音起來的娃娃聲。

位於美國佛羅里達州布里瓦德郡的甘迺迪宇宙中心。

面積約為武偵高中所在的港區的二十八倍，是美國航空暨太空總署——NASA的綜合基地。

雖然「宇宙中心」這樣的名稱充滿未來感，但實際上區域內幾乎都是溼地自然保護區。沼澤中有幾千隻的短吻鱷棲息，天上有美國國鳥——白頭鷹飛來飛去。因為位於海邊，甚至看得到海豚與海牛之類的生物。

我們從降落到隔壁卡納維爾角空軍基地直升機場的V－22下機後……因為這裡緯度比九州還要低的關係，即使到了黃昏日照還是很強烈，又悶又熱。

就在這時，幾輛軍用悍馬車前來迎接我們。從其中一輛上……

「受不了……你到底在搞啥啊，老哥？」

不知道為什麼會出現在這裡，但就算現身也讓人可以理解的我家老弟——GⅢ走下車來。他那群打扮自由奔放的部下們以及馬許，還有老樣子穿著像白色校園泳裝的戰鬥服、讓人眼睛不知往哪裡看才好的少女型機器人LOO，也浩浩蕩蕩走出車外。

因為身穿閃亮亮西裝的老弟開口第一句就是問我『在搞啥』，於是……

「其實我也搞不懂。」

我老實這樣回應他了。

緊接著，身穿武偵高中夏季制服的金女就……

「哥～哥～！合理地擁抱人家吧～！」

一步、兩步、跳！啪！

在我看到她穿著短裙又跑又跳而嚇得全身僵硬時，滿臉笑容地抱住我，然後「滾滾，嘩啦！」地兩人一起跌落到背後的水池中，結果住在池裡的短吻鱷家族從四面八方衝出來，害我們&GⅢ一黨紛紛四散逃逸了。

簡單來講，這次我和亞莉亞的任務就是——

從這裡將日本運來的緋緋色金原石發射到宇宙。

說是宇宙——正確講應該是高度大約五百六十公里的衛星軌道。

根據緋緋色金的說法，色金姊妹的母親——金色金的粒子就在那個地方漂流。

另外，只要在宇宙空間，色金就能靠恆星風緩緩依照自己的意思進行移動。換言之，隨著時間也能夠脫離地球的重力圈，飛向宇宙的遠方。至於實際上要怎麼做，似乎要等她和母親重逢後再決定的樣子。

「這下長年來的各種謎團都一口氣解開了是吧。不過這樣聽起來……不管緋緋色金究竟要算外星人還是金屬人，站在人道立場來看，的確應該送回原本所在的地方才對。畢竟在某種意義上這算是類似難民的存在。我也會幫忙啦。」

在Dixie Crossroads——據說是太空人們經常光顧的一家像是家庭餐廳的海鮮餐廳中……

聽完我和亞莉亞的大致說明後，GⅢ「喀哧喀哧」地連殼帶肉吃著龍蝦如此說道。雖然他不知道是因為覺得讓半飄半坐在亞莉亞旁邊的緋緋神回去宇宙很可惜，還是因為緋緋神的能力要被亞莉亞完全獨占而感到不甘心的關係，看起來有點在鬧彆扭就是了。

「我就知道你一定會這麼說的，正義英雄先生。」

「雖然我覺得失去那麼美麗的原石，對人類美學上來說是一大損失啦。」

咬了一口自己帶來的番茄的GⅢ，因為尖端科學兵器的零件關聯事務上長年來往的關係，在NASA擁有很廣的人脈。

而據說是以前交手時調查過這方面背景的亞莉亞，這次聯絡金女……才把GⅢ一黨從紐約叫來這裡的。

雖然GⅢ和亞莉亞之間並沒有特別的友好關係，不過聽說亞莉亞講了一句『金次也會去』GⅢ就二話不說過來了。知道這傢伙跟金女一樣超喜歡哥哥的亞莉亞……怪不得會強制把我帶來美國啊。

而強迫駐日美軍假借訓練名義出動V－22的，大概就是GⅢ認識的什麼高官吧。

不過我一點都不想扯上關係，所以絕對不會開口確認就是了。

「話是這麼說啦，不過其實大可不必砸下這麼大把的經費——例如說只把一小塊碎片送到宇宙去難道不行嗎？色金不是說一即是全，全即是一？那麼送出一小部分，不就等於是全部送出去了？」

聽到喝著百威啤酒的GⅢ這樣詢問……

「的確色金不管分裂成多少部分，都可以靠類似精神感應的能力讓彼此的心相連。但據說質量越大，其存在就越明確。所以不能只是一小塊碎片，要把緋緋色金在感覺上認為是『本體』的部分發射出去——不然就算不上是讓她回到宇宙了。」

亞莉亞吃著麗莎以前在荷蘭也吃過的無洞甜甜圈的小型版，如此回答。

GⅢ是個靠自己籌措資金，簡單講就是當成興趣在從事免費英雄活動的奇特男人。然而亞莉亞似乎認為既然有請求協助，不付酬勞就不舒服的樣子。因此這次高額到與過去完全無法比擬的經費，以及在這裡用餐的費用，全～部都是亞莉亞掏錢的樣子。

因此，豪邁的亞特拉士、人妖柯林斯、安格斯爺爺、超能力少女洛嘉、玉藻系女子九九藻、金女、人工天才馬許以及臉頰上有彈痕的銀髮壯男——原本隸屬KGB的基思，大家熱熱鬧鬧地又喝又唱。只有LOO什麼也沒吃，乖乖坐在一旁。看來美國人並沒有所謂『客氣』這樣的概念。

我、亞莉亞和GⅢ雖然是坐在跟部下們不同的包廂座位，不過……

「啊～吵死啦！你們給我安靜吃飯！」

GⅢ跺腳大吼一聲，讓他們暫時安靜了三分鐘左右——

於是我趁這機會鼓起勇氣，詢問一件我非常在意的事情：

「呃……亞莉亞，關於把緋緋色金的原石送回宇宙的事情，妳連我都帶來的意思是……」

「當然是你也要一起去呀。我一開始不就這麼說了。」

「一起去，是指去那個……宇宙……」

「對・啦！宇・宙！你乾脆一點行不行，笨蛋金次！」

忽然莫名其妙變得不開心的亞莉亞在我耳邊怒吼一聲，害我都耳鳴了。

「——話說，是緋緋神說『金次也要來送我才行』的啦！這孩子都喜歡上你囉？受不了，沒想到金次拈花惹草的對象不只是人類和妖怪，居然連外星人也是……我都已經無話可說，甚至還有點敬佩你了。」

「不，那與其說是我拈花惹草，應該是緋緋神擅自痛痛痛痛痛！不要捏我屁股！肉都要被妳扯掉啦！」

為了逃離握力強到可以把蘋果捏成汁、把撞球捏成碎屑的亞莉亞像老虎鉗一樣的捏肉攻擊——碰！

我從椅子跌落到木頭地板上，「唰唰唰」地往後退。

然後淚眼汪汪地……自暴自棄地……

「那……就算要去宇宙，妳又打算怎麼去啦！」

問出另一項我心中最大的疑問。

結果亞莉亞和GⅢ都用若無其事的表情看向我——

「坐**太空梭**呀。」

「就是STS－132－1／2，亞特蘭提斯號啦。」

——啊啊該死……

好啦好啦！我去！我去！去就是了嘛！

根據GⅢ的說法，預定後天發射的太空梭亞特蘭提斯號這次的任務——是送出人工衛星，以及運送組件到國際太空站。

然而那個要運送的組件因為發生問題，取消運送……讓太空梭的貨物重量空了出來。但人工衛星的發射在契約上無法延期，因此NASA就把空出來的搭載權放出來條件競標了。

然後，透過亞莉亞↓金女↓GⅢ接受委託的競標高手洛嘉小妹妹就把那權利給標了下來，而且還加上原本預定跟著組件一起升空的兩名任務專家空出來的搭乘權。

——看來現在已經是連太空旅行都能用錢買到的時代了。

真是有資本主義國家龍頭——美國風格的一段故事呢。

「我本來還以為所謂『宇宙開發』的目的應該更帶有研究色彩的說。」

「日本是怎樣我不清楚啦，但美國在這一塊原本的目的就是軍事用途，然後到現在已經是商業目的的一種國家事業了。不過表面上用『科學發展』的確比較好聽，所以我們在名義上也變成所謂的科學家囉。」

在宛如工廠露出內部構造的巨大建築物，組裝結構複雜的發射臺中──

我和亞莉亞戴著前半部像金魚缸的頭盔，走在單側的登機橋上，透過對講機交談心中的感想。雖然現在打開的是只有彼此可以接收的通話頻道，不用怕這段對話被其他工作人員聽到……但我們還是安全起見用日文交談著。

環顧周圍是一片無人的溼地。因為在發射升空的時候如果待在半徑五公里以內，內臟會被轟響震出致命傷害，所以這一帶禁止人員出入。動物們也養成了看到太空梭就逃跑的習性，因此甚至連野獸的氣息都感受不到。

「話說回來，還真是幸運啊。居然剛好有太空梭要升空。」

「其實也沒什麼剛好不剛好的喔？太空梭這種東西經常在發射──至今已經往返地球和宇宙一百三十次以上了。到最近甚至每個月都在發射呢。」

工作人員對標示任務編號的徽章、裝個人物品的口袋以及附有降落傘功能的增壓服進行完最終確認後，我和亞莉亞便穿過側面艙門進入太空梭的軌道器中。

背部朝下坐到橫躺的座位，繫好固定雙肩與腰部的安全帶後……接下來就只能看著指揮官與駕駛等等其他成員們與指揮本部進行通訊，靜靜等待發射了。畢竟我和亞莉亞並沒有受過操作太空梭系統的訓練，是所謂的酬載專家──也就是『客人』。

（話說回來……）

坐在我旁邊的這位亞莉亞小姐……

在甘迺迪宇宙中心簡直是偉大到一個不行。

一下要求開通和我之間一對一的通話頻道，一下在太空人宿舍要求晚餐時從奧蘭多市的中華料理店外送桃饅，一下要求把太硬的床墊換掉，極盡任性之能事。而NASA也把亞莉亞當成VIP一樣對待，都不罵她半句，於是我稍微提醒她「妳也克制一點吧。」結果她竟然回我「這次發射是花我的私人經費，有什麼關係？」這種話。

一問之下才知道，亞莉亞在裝載、搭乘權競標會上──把她以前捕獲伊．U託付給日本政府……簡單講就是把伊．U賣掉得來的錢全部花在這次的發射計畫上，是一大金主。至於金額多少，聽了肯定對心臟不好，我就沒問了。

「好啦～發射準備差不多要完成囉～」

船長夢露小姐……金髮的女性太空人用沉穩的英語向大家通話，同時不停確認著液晶面板的主螢幕。

「潔西卡小姐和尼奇先生，有沒有哪裡不舒服呢～？背部朝下的坐姿有讓你們腦充血嗎～？」

「我OK的，夢露。」

「啊、呃……我也是。」

包括輕飄飄的說話方式在內都有點像女演員瑪麗蓮夢露的這位船長，據說真的是那位瑪莉蓮小姐的遠親。不但性感到讓我很頭痛，還是個對亞莉亞旁若無人的命令都乖乖聽從的傷腦筋大姊。

『我也沒問題。』

忽然有個聲音在腦中響起。這是——緋緋色金的心電感應，只有我和亞莉亞聽得到而已。

在太空梭組裝大樓仔細接受過滅菌處理的緋緋色金，現在被裝在太空梭的貨物裝載艙中。

（總之，這樣就能讓緋緋色金回到宇宙去了……）

至於瑠瑠色金和璃璃色金，以後應該也會被發射上去吧。

雖然我不清楚那會是什麼時候、要花多少經費、由誰付錢誰陪送就是了。

『——T minus 60.（發射前一分鐘。）』

從宇宙中心的指揮本部傳來通話。

就快發射啦，該死。

順道一提，雖然大家什麼都沒說，不過根據我用手機上網查到的資料，太空梭至今五架中有兩架是在空中爆炸解體的。穿在身上這套加壓服之所以是橘色，也是為了在解體時能比較容易找到遺體的關係。

就在我考慮著是不是應該唸唸佛之類的時候，亞莉亞忽然透過專用頻道——

「金次。」

「幹麼啦？」

「謝謝你喔。」

「妳到現在才在講什麼啊？」

「我對你真的由衷感謝。謝謝你。」

——用很有禮貌的日文對我道謝了。

「妳、妳幹麼啦，在這種時候說那種話……」

而且還用那麼可愛的聲音。

或許是為了『預防萬一』吧，真是有夠不吉利的。

但事實上，我也的確感受到亞莉亞心中對我的感謝……忍不住緊張心跳起來。於是……

「亞莉亞還真的是獨唱曲啊。什麼事情都自己決定，然後不知不覺間讓事情一直發展下去。」

我用這樣冷淡的話語回應。

結果亞莉亞卻……

「你也在一起呀，所以是二重唱。」

瞇細她紅紫色的眼睛，隔著壓克力玻璃的頭盔對我露出微笑。

然後用戴著白色厚手套的手……牽住我的手。

還真讓人懷念啊。

『——T minus 15.（發射前十五秒。）』

那是我們初次相識的時候……

第一次一起去電玩中心之前，我說過的玩笑話。

二重唱。

也是亞莉亞第一次對我——

——露出笑臉時的話語。

『……10、9、8、7……』

在頭盔中，繼續傳來倒數計時的聲音。聽起來就像老舊的收音機。

我和亞莉亞……

從那間電玩中心開始，去過台場、秋葉原、橫濱、香港、倫敦，各式各樣的地方——

這次總算連宇宙都要去了。

『……6、5、4……』

我忽然想到。

那麼，等到這次結束……

我和亞莉亞今後究竟會往哪裡去？

『……3、2、1……』

算了，哪裡都可以啦。

『……0——發射——！』

只要和亞莉亞一起！

——說到『太空梭』，一般人的印象都是想到那個黑白雙色、外觀像飛機一樣的部分，不過那其實是沿著地球外圍繞圈的軌道器。另外還要加上外儲箱與固體助推器，整組才叫作太空梭。

發射時首先會使用的是兩臺固體助推器，這是一旦點火就無法熄滅、像超巨大煙火一樣的玩意。在升空途中我們什麼事都做不到，只能聽天由命，聽著船長、駕駛和指揮本部的通話而已。然而……

「搖、搖晃得還真劇烈啊這個！」

「是是是是呀！嗚～！」

強烈的搖晃讓我和亞莉亞忍不住彼此大聲通話。

簡直就像坐在按摩椅上搭乘雲霄飛車一樣。害我都在擔心太空梭會不會忽然解體，或是裝載的緋緋色金會不會掉下去之類的。

「潔西卡小姐，尼奇先生，新手講話會咬到舌頭喲～？呵呵呵！好啦～現在高度大約十四萬英尺（43km），差不多要切離SRB囉～」

夢露小姐已經是第三次搭乘太空梭的老手，即使在搖晃中講話也很清楚。

太空梭偶爾會像扭轉似地改變方向，讓窗口射進來的陽光角度也不斷改變。

（十四萬英尺的意思是……上次搭富嶽抵達高度的五倍……！）

明明發射後還不到兩分鐘，居然已經到這麼高了。好強啊。

隨著「隆！」一聲特別劇烈的震盪——

助推器就像花瓣凋零般分離了。

接著，我發現機外的光景漸漸從白天回到夜晚。

不對，這不是變成晚上，是我們接近宇宙了。

雖然切離ＳＲＢ（助推器）的時候有感受到某種像緊急煞車的感覺，不過太空梭又切換到ＳＳＭＥ（主發動機）繼續加速。在高度為了進入沿著地球繞圈的圓形軌道，漸漸變成倒飛的姿勢——的樣子。但因為加速Ｇ力與震動的關係，我早已沒有上下感覺了。

「啊！已經可以把頭盔的面罩打開囉～」

「嗚嗚噗！」

「妳可別吐喔亞莉……潔西卡。絕對別吐喔，絕對喔。」

就在我和亞莉亞聽到夢露船長的話而打開面罩如此對話的時候——外儲箱也被切離——我們已經幾乎來到宇宙了。

我在一旁從通話內容聽起來，現在只剩下軌道器的太空梭……似乎為了進入地心軌道正在進行最終調整的樣子。

「——發動機——停止——」

緊接在駕駛有點誇大做作的聲音之後……咻……

加速的感覺忽然消失。

身體頓時變得飄飄然。來到宇宙的第一個感受，是直到剛才都緊包著身體的加壓服彷彿全部脫掉變成全裸的奇妙錯覺。

想必這——是因為變成無重力狀態的關係吧。

在有重力的環境下，衣服無時無刻都會貼在自己的肌膚上。

然而在宇宙中，就會像穿衣服游泳時的感覺，衣服會飄離身體。

「好～大家辛苦囉～目前以每秒七點五公里的速度進入近地軌道了～高度三百四十八英里（五百六十公里）喔～」

不知道是不是習慣講話像保母的夢露小姐愉快脫下的頭盔……輕輕飄在空中。

高度五百六十公里，是以前和華生與希爾達戰鬥過的天空樹的八百倍以上，搭V—2或富嶽抵達高度的五十倍以上，毫無疑問是真正的宇宙了。

我也有樣學樣地脫下頭盔，拿到面前放開手……

沒掉下去。

頭盔留在我眼前，簡直就像變魔術或特效片一樣。

「緋緋色金好像也平安無事喔。」

大概是在腦內交談過的亞莉亞小聲說著——

脫下頭盔，對我露出微笑。

從頭盔底下冒出來的粉紅色雙馬尾固定在空中，看起來宛如用立體手法表現出帥氣姿勢的等身大雕刻品或公仔。

一方面因為初次來到太空而感到興奮的關係，我看到那畫面不禁覺得有趣起來——

「亞莉亞，妳的頭髮，超帥氣的。」

一邊解開安全帶，一邊「噗哧」地笑了出來。

結果亞莉亞把嘴巴凹成「ㄟ」字形，露出不太開心的表情……

接著巧妙甩動頭部，讓雙馬尾「唰」一聲繞在我臉上。

……呃、妳這、等一下等一下，潔西卡小姐。妳根本是假裝在無重力空間發生的意外，但其實是用念力讓馬尾纏住我的臉吧？

好、好難受。很難受啦！還有，味道！像梔子花一樣酸酸甜甜的……

很不妙啦！這種女子力破表的香氣，很不妙啦！

在宇宙沒有分所謂上下、左右或前後。因此我們來到駕駛艙下方——或是講上面或側面感覺都怪怪的，總之就是下面那一層像居住空間的中層甲板後，第一次吃到所謂的太空食物。

那是用一種把熱水注入真空包裝袋調理出來的肉排做成的漢堡。不過因為要是讓麵包屑飄進機械中會引起意外事故的關係，所以夾在外面的不是麵包而是墨西哥薄餅。

「這漢堡怎麼吃起來莫名辣啊……雖然是很好吃啦。」

「聽說是因為在太空沒有重力，會讓血液循環的方式改變，進而影響到味覺的樣子。雖然不清楚為什麼，但好像辣的東西吃起來會比較美味喔。」

總算抓到訣竅讓雙馬尾不會散開的亞莉亞如此說明著。原來如此，就是因為那樣啊。味覺和嗅覺是相聯繫的，所以……怪不得我的頭剛才被亞莉亞的秀髮包得像木乃伊時，會覺得她頭髮的氣味跟平常不太一樣，讓我感到有點新鮮。不過也因此陷入讓人類史上首次的宇宙爆發模式差點發動的危機就是了。

順道一提，其他成員們早早就用完餐開始在工作了。吃得慢吞吞的只有換上舊式飛行裝的我和亞莉亞這對客人（PS）而已。

另外，因為在宇宙空間中雙腳不著地的關係，只能靠推拉牆壁移動身體。要用這方法調整彼此方向也頗麻煩，因此我和亞莉亞是上下相反地盤著腿，用兩人的頭互相顛倒的狀態吃著漢堡。畫面上看起來奇特無比。

仔細一看，漢堡的袋子上印有麥當勞的標誌，於是我和亞莉亞閒聊起來：

「和妳一起吃麥當勞，應該是在青海的公園那次以來吧？」

「呵呵！我也剛好想起那件事呢。」

亞莉亞和我的首次任務……找貓。在任務前我們就是吃麥當勞果腹，而且那時候亞莉亞不但誤喝我的可樂還莫名其妙毆打我。所以這次這個喝的時候像對著嘴巴噴水的宇宙可樂我還是藏起來好了，免得她又拿錯。

「是說，亞莉亞妳其實講來講去到最後還是很善良嘛。」

「你在說什麼？」

「就是緋緋色金的事情啊。明明被惹出這麼多麻煩——妳還願意把她送回宇宙，真是個老好人。」

「Maybe.（或許吧。）」

「妳是聽說她想見媽媽，感到同情了吧？」

「Maybe.（或許吧。）」

Maybe. Maybe.

還真是不坦率呢。

唉呀，陪著這樣的老好人跑到這種地方來的我，或許是宇宙第一老好人就是了啦。

我以前在某本書上讀過，從宇宙看地球可以改變一個人的人生觀……

透過亞特蘭提斯號的機窗看到的地球，美麗到就連日常生活中看過各種非日常情景的我也不禁說不出話語，只想一直眺望下去。

因為沿近地軌道飛行不用兩小時就能繞地球一圈的關係，讓人可以看到整個世界。

比起影像畫面，親眼所見的地球更是色彩繽紛。白色的雲同時可以看到各種形狀，颱風看起來也整個都是圓的。另外到處可以看到像黃綠色的極光或金色的雷電等等天氣現象。底下的地球表面有深藍色的大海、黃土色的沙漠、深綠色的大地等等……然後理所當然地……世界地圖上一定會有的『國界線』，根本一條也看不見，讓人不禁苦笑。

「尼奇。」

「嗚哇！搞什麼啦亞莉……潔西卡。不要從頭頂上冒出來行不行？」

「在我看來你才是在頭頂上啦。來，差不多要放出**人工衛星**囉。」

我被上下顛倒插進機窗與臉之間的亞莉亞伸手一指而轉頭一看，發現壯碩的黑人任務專家岡薩雷茲先生站在我頭頂斜上方……正小心翼翼操作著一臺像遊戲手把的操縱器（ＬＨＣ）。

螢幕畫面上，地球的水平線在漆黑的宇宙空間中畫出一條弧線。

而彷彿橫越那條弧線般，從左右敞開的貨物艙中伸出了一支機械手臂。

在那支手臂相當於手掌的部分，接著利用電磁力與摩擦力夾住固定緋緋色金邊緣的專用起重機。

香腸嘴的岡薩雷茲先生用操縱器遠端操作著機械手臂，冷靜沉著地——將怎麼看都不是人工衛星的緋緋色金從貨物艙中搬出來。

「……呃~那臺人工衛星雖然外觀看起來很那個……不過那其實是特殊的形狀記憶合金……」

就在我準備對不多話的岡薩雷茲先生說明我在升空前就想好的笨拙謊言時——

「Say no more.（不用多說了。）我接國防部的任務時，搬過比這更奇怪的東西。」

他忽然用對於有好萊塢腔調的我來說，很有共鳴的南部腔調低沉回應。

在這方面如此通融已經夠讓人感激了，沒想到岡薩雷茲先生把緋緋色金用機械手臂搬送到充分遠離軌道器的位置後……

居然發揮美國人特有的服務精神，又說出更通融的一句話：

「潔西卡，尼奇，你們要不要試試看放出這個人工衛星？」

他放開手中的操縱器，對我們如此提議。

「咦？你說我們？」

「可以嗎？」

「已經有得到休士頓的許可了。別怕，剩下的操作沒什麼困難的。只要關掉手臂的磁力，然後打開起重機的夾子，也就是照順序按下ＬＨＣ上的兩顆按鈕而已。這肯定會成為一段美好的回憶。也請兩位贊助人今後繼續多多關照ＮＡＳＡ啦。」

飽受預算不足之苦，連這次的太空梭計畫都被迫重新考量的諸位ＮＡＳＡ員工……

看來是希望讓這次掏出巨額資金贊助發射的亞莉亞，能對他們繼續留下好印象的樣子。透過這種很識風趣的方法。

於是我和亞莉亞分別把指頭放到岡薩雷茲先生指示的兩顆切換扳鈕上。在狹窄的甲板艙中，兩人的肩膀和頭都靠在一起。

岡薩雷茲先生大概是從那樣的距離感中察覺氣氛……稍微遠離了我們。

在顯示有數值與方格圖表的畫面中，被太陽光照得閃閃發光的緋色圓盤……也就是緋緋色金，已經被機械手臂抓到太空梭機外，剩下只要放開機械手臂就行了。

「……我說，金次。」

亞莉亞這時用日文對我小聲呢喃。

「幹麼啦，亞莉亞？」

看來如果是用日文低聲對話，稱呼本名也沒關係的樣子。

「你還記得嗎？抓娃娃機。」

「哦哦，夾娃娃機啊。我和妳剛認識，被妳到處追著跑的時候……有在電玩中心玩過。」

「對，就是你幫我抓到 Leopon 的抓娃娃機。」

雖然亞莉亞好像把遊戲機的名稱記錯了（註1），不過這部分也算是回國小孩特有的可愛之處……因此我沒有特地訂正她這點，而是……

「這個應該要叫UFO釋放（release）才對。」

這麼說完後，啪！

扳動切換扳鈕之一，關掉機械手臂前端吸住緋緋色金的電磁力。

註1「夾娃娃機」在日文中稱為「UFOキャッチャー（catcher）」，文中亞莉亞則誤記成「UFOキャッチ（catch）」——意為「UFO捕捉」。

接著——

「呵呵，說得也對。那麼現在，要釋放囉。」

啪！

亞莉亞扳動切換扳鈕之二，讓機械手臂前端像鬆開手掌一樣打開……

隔了兩千年的時光。

緋緋色金總算被釋放到宇宙了。

岡薩雷茲先生把機械手臂收回來後，太空梭為了放出其他衛星而漸漸降低軌道高度。

雖然速度不算快，但我和亞莉亞隔著機窗用肉眼看到的緋緋色金……相對上看起來就像漸漸往宇宙方向遠去。

剛開始還能清楚看到斗笠的形狀，接著慢慢變得像紅色的月亮，到現在——已經變得像一顆緋紅色的星星，小小發亮。

『啊啊……』

陶醉嘆息的聲音。

從緋緋色金的方向，有聲音直接傳到我和亞莉亞的腦中。

是緋緋神的聲音。感覺她非常放鬆。

『雖然這是我第二次從上空看下去，不過地球真的是一顆美麗的星球啊。我已經幾乎不記得當時為什麼會墜落……但我想應該就是被那美景吸引而掉下去的吧。』

被地球的美貌吸引而墜落——嗎？

規模還真大啊，緋緋神。不愧是冠有神明稱呼的存在。

「妳在地球上還有什麼未了的心願嗎？」

亞莉亞對著位在遠方的緋緋神如此說道。

機窗外是一片真空，根本不可能傳遞聲音——但亞莉亞與緋緋神之間的感應能力似乎和距離沒有關係的樣子。透過所謂的『心結』。

『……兩位妹妹的事情，就拜託你們了。』

「唉呀，我遲早也會幫她們想辦法的。」

因為亞莉亞就在我身邊，不會看起來像自言自語的可疑分子。

更何況這時間其他成員都在中層甲板進行任務或睡覺。

『謝謝妳，亞莉亞。金次，我也要向你道謝。雖然我活了很長一段歲月，不過對你這份感情——是我的初戀。這種事情真的是要等到被拋棄之後才總算會察覺的呢。』

這麼說道的緋緋神，聲音聽起來難得帶有感傷，依依不捨……

『別了，我在這顆星球的心上人。我永遠都不會忘記你的，所以你也別忘記我喔？』

因此……

「我的心腸可沒好到會忘記曾經兩度、三度差點殺掉自己的傢伙啦。」

我也不顧亞莉亞在一旁瞪我，回應她我不會忘記的。

雖然是用我那種有點彆扭的表現方式啦。

『在香港東區走廊的那場飛車追逐，真是有趣。』

「我倒是一點都不覺得有趣。」

對緋緋神的抱怨，這次也是最後了。

不過……

『你說真話吧。』

被她如此一說……

「唉呀，是有點好玩啦。」

我不禁露出苦笑，補充了一句。

連我都覺得自己在這方面對女性有夠天真的。不管過了多久。

「金次你看，光……在膨脹……」

亞莉亞指向窗外的緋緋色金周圍，如此說道。

不知道是緋緋色金本身在發光，還是反射效果——它的光芒不知不覺間膨脹起來。

是一團像霧氣的金色粒子包覆在緋緋色金周圍飛舞著。

被金色粒子纏繞、看起來就像螺旋星系的緋緋色金……

——叮……——

——叮……——

發出悅耳的鐘聲。

她在……唱歌。從感覺上可以聽得出來，是開心的歌聲。

『……媽媽……！』

緋緋色金最後的聲音。

那金色的粒子，就是緋緋色金說過的──母星。她的母親。

那個金色金，對受到引力捕捉、墜落地球、與自己分隔兩地的孩子……在衛星軌道上整整等待了兩千年的時光。將自己金屬構成的身體一部分化成細微的粒子，圍繞地球形成一圈極為稀薄的環。

就這樣──

緋緋色金不再說話了。

只是不斷發出悅耳到讓人不禁想一直聽下去的鐘聲。在我和亞莉亞的腦中。

然後，那聲音也──大概是亞莉亞刻意調整下，音量漸漸變小。

在不至於妨礙講話的鐘聲背景音樂中……

「雖然是個愛惹麻煩的傢伙，不過一想到她會從此消失……還是讓人感到有點寂寞呢。但不管怎麼說，這下總算是永別啦。」

我對緋緋色金下了這樣一句總結。

可是亞莉亞卻搖搖頭，然後注視著我。

「緋緋色金一即是全，全即是一。當中的一部分，現在也依然在這裡。所以這並不

NASA

是別離。緋彈——今後將會是與你我一同戰鬥的可靠力量。」

——緋彈——

亞莉亞抱起我的手……靠近她埋有緋緋色金子彈的胸前。

接著，自己報上名號：

「我是——『緋彈的亞莉亞』——」

就這樣，亞莉亞——

成為了緋彈的亞莉亞。

主司緋色的星星，在蔚藍色的星球上，如天使般飄在我的身邊。

3彈 幹勁學

緋彈的亞莉亞大人在回國時，租借了英國空軍的艦載噴射機。

據說經夏威夷到日本只需要短短六個小時，但那臺噴射機只能載兩個人。

因為光女性飛行員加亞莉亞就坐滿的關係，居然跟我說「金次不可以搭」。那是什麼像小夫表哥的車子一樣的規矩嘛，我會恨妳喔？

結果被丟在佛羅里達的大雄只能自掏腰包從奧蘭多市搭廉價航空，花上十八個小時回國了。雖然在波士頓機場轉機時稍微休息了幾個小時，但睡在航廈的長椅上根本就沒辦法消除什麼疲勞。

最後我雖然全身僵硬地抵達了成田機場，不過多虧英國貴族院某議員大人的威望關照，入境審查倒是一下就通過了。要是在這種疲憊不堪的狀態下還要扮成克羅梅德爾入境，我搞不好會因為身心上都到達極限而當場倒地，而且還是用女裝打扮。在這點上我就老實感謝福爾摩斯家，和剛才的怨恨抵銷扯平吧。

就這樣，回到日本的我——

從成田來到武偵高中後，不是回去宿舍，而是直接前往一般校舍。一方面是因為我野生的直覺對於回宿舍有種不好的預感，另一方面也是因為即使用盡辦法蒙混至今，我的缺席日數還是到危險邊緣了。要是再缺席個一天，不，一個小時，無論最終成績如何我都會被迫留級，等四月開學後就變成風魔跟間宮的同學了。

於是——我拖著疲憊的身體拉開門，進入早晨的2－A教室。

「……早安。」

因為已經有幾名同班同學到校，我稍微打了一聲招呼，不過畢竟時間還很早，人數並不多。

當中只有在看 Car Sensor 雜誌的武藤舉起粗壯的手回應我一句「哦，好久不見」。存在感稀薄的我，一如往常地在班上被當成在不在都沒差的『好像有那麼一個傢伙』，而沒有人多加理會。

教室人數之所以這麼少另外還有個原因……第三學期的後半通常被稱為『缺席消化』，出席日數已經足夠晉級的學生本來就不會來學校。現在這段時間等於是給經常有工作無法出席的武偵高中學生類似補課用的時期。

因此亞莉亞自然不用說，像麗莎、華生與不知火同樣沒有來。本來以為會出現的理子也不在，看來我可以輕鬆一點啦。

早就猜到可能遇上這種狀況的我，平常總是會把一部分的教科書丟在置物櫃中，所以今天可以直接上課。筆記本也有準備任何科目都能通用的活頁紙，沒有問題。

唉呀～就算程度很低，但可以接受普通教育還真是讓人高興的一件事呢。

而且期末考也近了，第三學期幾乎沒上到課的我，對於現在這段時間真的是由衷感激啊。

就這樣，久違的高天原老師主持的班會之後，換教室上了我那霸老師的化學課，又回到2－A教室上了南鄉老師的英文課，然後是理所當然地邊抽菸邊上課的綴老師的公民課……的途中……昏昏、沉沉地……

我開始想睡了。

（……不、不妙！是時差啊……！）

奧蘭多與東京的時差是十四個小時。

現在JST（日本標準時間）是早上十一點，所以我的生理時鐘是……呃，計算起來很麻煩我也不清楚，但總之就是接近日夜顛倒的狀態。

換言之，大中午的時間對我來說就是深夜的意思。

「……嗚……嗚……！」

即使一下用手指撐開眼皮，一下用鉛筆輕刺大腿，嘗試各種抵抗，我還是……我還是……ZZZzzz……

「──遠山你這渾蛋啊啊啊！」

──碰！

黑板用的巨大三角尺忽然像風車飛鏢一樣飛來，當場刺中我趴在桌上的頭頂──痛死啦啦啦！

我全身彈起來後……

「居然敢在老娘的課堂上睡覺，你還真有種啊，嗯嗯？」

綴含著一根撕下英日辭典捲成的香菸（？），露出冷酷的憤怒表情走下講臺。

看起來好恐怖。超級恐怖的。

姑且不論綴那崩壞到基本粒子等級的人格，她的臉蛋算是很標致的美女。

那樣的美女大姊一旦生氣起來，表情就會變得很銳利。

「呃！不是的。我剛才不是在睡覺，只是眨眼時間長了一點……！」

「還打鼾得跟死豬一樣不是嗎！」

綴一把抓住我的頭髮，強迫我站起身子。而且她抓的方式很奇妙，根據頭的角度會有很痛的方向跟很舒服的方向。於是我很自然地把頭轉向不會痛的方向，結果……

被綴抓著頭髮的我，變得像是自己走出教室了。

「你給我到走廊罰站！兩手各提一個裝滿的水桶！」

「燙啊！痛啊！」

我的後腦杓接著被某種點燃的物體燙到，胯下也被中跟短靴從背後往上踹了一腳——

人類在上下都感到疼痛的時候，就會忍不住把背脊和膝蓋都縮起來，而綴又用短靴往我低下來的肩膀狠狠一踩。

結果當場仰天倒在綴腳邊的我，最後又被交抱手臂睥睨著我的她——在肚子上用力補了一腳。

該死的綴！要丟也是丟粉筆之類的吧？就算退讓個一百步也頂多是到板擦就夠了，那個巨大等邊三角尺要是敲到不好的地方可是會鬧出人命的好嗎！而且明明叫人罰站又把人踩到地上，根本前後矛盾嘛。

還有這個，兩手各提一個裝滿的水桶在走廊罰站，就算是昭和時代到了後期也已經沒有人會這樣體罰學生了啊。

然而，到這時代已經非常稀有的『體罰』，在這間暴力學校中就是很習以為常。

（雖然現在無從抵抗……但我總有一天要用匿名向都教委告狀……！）

我忍不住在腦中如此抱怨著，不過……

老實講，能夠在走廊上獨處，對我個人來說其實也是很舒服的一件事。

畢竟我本來就不討厭自己一個人。

「……」

我什麼也不想地呆呆站著——

腦袋整個放空，忘卻所有煩惱……

尤其是忘記從去年四月以來在亞莉亞相關事件中經歷過的各種恐怖體驗，讓心靈從各式各樣的負面感情中暫時獲得解放。

簡直就像瞬著眼睛在冥想一樣，真是充滿靈性呢。

大概是課堂提早結束的關係，C班的人走在窗外。

在飲水機旁的花壇中也能看到通信科的中空知彎下身體在澆水。

因為是隔著防彈玻璃窗，我聽不到任何聲音。

（……）

好安靜。

這樣的寂靜，真是無價呢。

被綴踹出教室，也許反而是件好事。謝謝妳，綴老師。

不過我可不能真的開口向她道謝。因為有種現象我雖然是壓根無法理解一絲一毫——不過在學校中，有少數的男生喜歡故意惹綴或是蘭豹那些美女老師生氣，接受她們體罰，除了「不可思議」實在找不到其他詞彙形容。而且那些男生被甩巴掌或是踹到地上的時候，嘴上又會說出「非常感謝」這種話讓對方感到噁心，進而對他們做出更暴力的行為。說真的，這學校到底是怎麼回事啊？

雖然是身體站著，眼睛睜著——

不過什麼也不想地發呆似乎也能讓大腦休息的樣子。於是在幾乎沒上到課的公民課結束後，我的睡意也緩和了許多。

放學後，我又到食品購買部買來幾乎快要過期、被放在籃子裡積灰塵的「眠眠打破」與「紅牛」，混在一起灌進口中，徹底克服了時差。

究竟我為什麼要做這種嗑藥行為？

當然是為了念書了。或許就讀這所學校很容易忘記一件事，但所謂的「學校」本來就是為了學習課業的場所。

一下對付伊．U，一下對付眷屬，一下又對付緋緋神，老是在地下社會搏鬥而幾乎沒念到書的我，現在的學業成績已經糟糕到就算有亞莉亞扮演家庭教師也補不回來的程度了。雖然我第二學期後段有到一般高中留學過，使成績一時得到提升，但第三學期幾乎沒出席課堂還是讓我的學業進度大幅落後了。

像剛才，就連我自己想上的課都沒上到。因為被叫到走廊罰站的關係。

（照這樣下去就算出席日數足夠，一般學科考試還是會有被當掉的危險啊。）

要是在創校以來的學力偏差值都落於末段的武偵高中遭到留級，將來一輩子都會被貼上『笨蛋界超級菁英』的標籤啊。畢竟武偵高中不但是企業篩選學歷時第一個就會淘汰掉的學校，甚至聽說中途退學讓學歷保持在國中畢業程度反而還比較好找工作呢。

不管怎麼說——總之期末考也近了，現在就算是臨時抱佛腳也要多念一點書才行。

於是焦急不已的我，穿過一般科目大樓的聯絡走道——

來到入學兩年來一次都沒進去過的一間稱為『自習室』的房間。

因為這裡是純粹以念書為目的的房間……

「……打擾了……」

不知道進房時應該講什麼的我，如此小聲說著進到裡面後……

「……！」

「……！」

房間裡只有兩名女學生，紛紛瞪大眼睛朝我看過來。

而我也跟著瞪大了眼睛。

「……萌、菊代……！」

因為那兩名女學生竟然就是望月萌和鏡高菊代。原來她們在這裡念書啊。

還真是教人感到意外。

這兩人原本都是住在學園島外面的一般人，在我從武偵高中退學轉到一般高中時**關照**過我。然而，現在都穿著武偵高中深紅色水手服坐在一起的——萌和菊代……

「遠山同學！」

「遠山！」

像在競爭什麼似地同時從座位上站了起來。

然後小跑步到我旁邊，一左一右抓住我的手臂，分別對我說道：

「好高興喔！原來你還記得我呢！」

「受不了。你一直沒來上學，害我擔心得要死呀。」

天生帶點褐色、柔順細緻的鮑伯頭，以及用花朵髮飾綁起來、近乎金髮的頭都湊到我身邊。萌的表情純粹無比，菊代的表情則是冷淡中深藏真心。

「關於遠山同學的事情，我也全部都記得喔。每天都會回想起來喔，真的喔。」

望月萌——是出生於一般平凡家庭的一般女孩。在以前就讀的那所名為『東池袋高中』的平凡學校中擔任班長，原本是個乖小孩。卻因為某個壞男人的關係走上歧途，轉學來到了武偵高中。

她的身體還沒怎麼鍛鍊過，依然保持著有點肉而柔軟的體質。以前的她想必連摸也沒摸過的手槍——黑色的白朗寧大威力手槍收在一個看起來全新的槍套中（似乎還不習慣藏在裙下的樣子）。從那下面的水手服防彈裙中伸出兩條肉肉的大腿，是白雪‧麗莎‧中空知系統的性感科‧豐腴屬女生。

「……你到底是跑哪裡去……這種問題我就不多問了。歡迎回來。」

明明是自己湊近又把視線從我身上別開，撥一撥瀏海的鏡高菊代——出生於名為『鏡高組』的前‧指定暴力團，也就是黑道世家。雖然那組織本身已經解散，不過她曾經擔任過最後一任的組長，是個相當誇張的女高中生。

因為那樣的生長環境，這女孩給人感覺很成熟。像現在也因為把臉別開的關係，反而像是故意讓我看到她後頸的汗毛——讓人覺得莫名性感。

而且菊代在學校似乎不穿高跟鞋的樣子，讓她看起來矮了一些。相較於她原本給人的印象，變得可愛多了。又像個性感大姊又是個同級生，然後又會表現出可愛的一面，太犯規了吧這個。

另外，從菊代身上隱約可以聞到奧迪紅色毒藥那幾乎會讓人融化的香味。以前我們在神奈川武偵高中附屬中學還是同班同學的時候，我不知道那是菊代擦的香水而說了「怎麼有股很香的味道」這樣一句話，結果菊代不知道為什麼從那之後就每天都會擦那香水，直到今日。

不過，我好歹也在世界各地鍛鍊過一番，才不會因為只是和這兩人重逢就害怕自己爆發而開溜的。雖然是有往後縮了幾步啦。

對，到這邊其實都還沒什麼問題。可是……

（……嗚……！）

身為武偵還沒受過十足訓練的萌，那對讓人感受不到胸肌——水水嫩嫩的脂肪團、牛奶肉——也就是健康豐腴的左右雙峰，竟然夾住……夾住了我的左手臂！

「——喂……！放、放開、我的手……！」

這招是——

金女或麗莎等人也會使用、只有女生能辦到的男人束縛法。命名為胸部老虎鉗。

因為使用部位上的緣故，要是硬把手臂拔出來反而會自取滅亡，在爆發模式的意義上是『只要被抓到就算輸了』的姿勢。

這招胸部老虎鉗，雖然出招者的表情看起來都是『無意間變成這樣』的，但根據亞莉亞目擊到我被金女使出這招而對我邊開27槍邊說教的內容聽起來，這招似乎並不是無意間能夠辦到的事情。事實上，萌的確明明緊貼著我……

「能夠再見到面，我好高興呢……！」

卻好像沒聽到我叫她放開的命令，眼眶盈滿開心的淚水如此說著。

「……嗚……！」

沒能被解放的我頓時陷入錯亂——明明不要看就沒事了卻不知道為什麼低頭看到萌那個體積相當大的部位。太、太誇張了，我的手臂完全被埋沒、包覆，又溫暖，又柔軟……！

「……什麼嘛！」

——噗！

嗚喔！

一時疏忽的我，這次換成右舷被魚雷擊中了！

菊代的胸部雖然尺寸上不到可以夾住的程度——卻壓在我的右手臂上！而且她還把我的手臂抱向自己，光明正大地緊貼著我。

因為菊代的胸部只比偽裝的亞莉亞胸部稍微大一圈而已，害我太大意了。但其實還是有的啊，有那水嫩嫩的彈力。女孩子的胸部即使罩杯小，還是很柔軟的。

她這招——並不是像老虎鉗一樣用夾的，而是更單純地壓上來，是胸部壓塑機啊。這裡到底是什麼工廠啦。

「嗚、喂，菊代！幹麼連妳也——總之快放開、放開我！」

「……」

鼓起腮幫子、明明臉蛋漂亮卻跟我一樣眼神凶狠的菊代……默默抬頭瞪著我，一樣不肯放開手。

話說，菊代應該知道爆發模式的事情才對，卻還是像這樣啟動胸部工廠，是瘋了嗎？

（又是被罰提水桶，又被送進胸部工廠，今天真是手臂受難日啊……！）

要、要是在這間沒其他人的自習室爆發，可是會釀出大禍的。本來是為了晉級來念書，卻搞不好會身為男人在別的意義上晉級啦。

——撐住，撐住啊金次。雖然過去我都是靠背質數撐過危機，不過到最近我已經變得可以在腦中回想起數學教科書，進行更高難度的逃避現實——

（……對了！）

就在這時，進入輕微爆發的我奇蹟似地靈光一閃。

於是使出半年前在東海道新幹線上對亞莉亞和蕾姬使用過的那招——在兩個女生中間像螺絲一樣旋轉的『火與風華爾滋』，同時蹲下身體滑壘，用潛行的訣竅逃脫出來。

然後像動作片電影一樣翻轉受身，在稍隔一段距離的地方單腳跪在地上。

不知不覺間變成互相用胸部夾住對方手臂的萌＆菊代頓時「？」「？」地臉紅起來，彼此分開。然後……

「——我有件事想拜託妳們！幫忙我準備期末考吧！」

我亮出自己帶來的活頁筆記本，保持單腳跪地的姿勢向她們低下頭。

答錯問題就掐脖子的亞莉亞式教育會危及性命；華生在念書途中總是會莫名其妙要求復健；雖然沒有證據，不過我懷疑白雪在教我功課的時候好像有在偷拍我；蕾姬

沒有教人東西的素質；貞德那個天然呆光是對話都很困難；理子根本就不用說；我和不知火兩人一起念書又會被通訊科的白痴女生們傳出莫名其妙的流言；雖然要看是什麼科目，不過去找基本上成績比我差的武藤教我功課簡直沒意義。

簡單講，至今在我周圍都沒有能夠教我功課的適合人選。

不過，現在有望月萌──

聽說今年冬天在補習班的全國模擬考中獲得第71名的好成績，將來搞不好會成為武偵高中史上第一位東大生而飽受教務科期待的這女孩……以匹敵神佛（緋緋神與鬥戰勝佛不算）的慈愛心，二話不說地答應教我功課了。

「以前你來我家的時候，我一直在打擾你念書，真的很對不起。那時候的我因為矢田同學的存在而太焦急了……不過進入武偵高中之後我才知道，原來不只是矢田同學，還有救護科的麗莎同學，同班的還有星伽同學跟貞德同學等等，大家都感覺是only one的競爭對手。」

萌吐了一下舌頭，說出後半段我完全聽不懂意思的開場白……

「因此現在──我決定要以自己的方式，成為對遠山同學的only one。而且一定也會成為number one……成為最能幫上遠山同學的女孩子。要不然，我就贏不過其他女孩們了。」

「這、這樣啊……」

雖然我完全搞不懂我不在學校的這段期間中，為什麼萌和矢田蕾姬還有麗莎她們會變成競爭對手。但不管怎麼說……

「所以就讓我來提升遠山同學的成績吧。目標是考上武偵大，不，考上東大也不是夢的程度！首先就從這期末考開始。即使距離考試剩下的時間不多，但只要有計畫地學習——成績只會提升，絕對不會下滑的。」

她這段就職演講聽起來是如此可靠！

話語中帶有和教務科那種『給我靠毅力背下來！做不到就接受鐵拳制裁！』的舊日本軍式精神論完全不同的正向積極性。

輕輕坐到楓木紋長桌旁的萌對我露出笑臉，拍拍旁邊的折疊椅。於是……

「……謝啦。我對於像因數分解這類將來根本派不上用場的東西，怎麼也提不起幹勁去學啊……」

我一邊對自己至今都沒好好念書的事情找藉口，一邊坐到那張椅子上。結果……

「那些東西將來很快就能派上用場啦！像下個禮拜的考試，還有大學入學考試也是。」

萌卻用閃閃發亮的眼神對我說出這樣一句話。

還真是乾脆的想法，好成熟啊。

萌老師接著又……

「而且『幹勁』並不是念書前先補滿的東西喔。不是先提起幹勁再念書，而是在念書的過程中湧出幹勁才對。」

對總是會拖拖拉拉等自己提起幹勁的我，說出了這樣一項革命性的理論。

「是、是這樣嗎？」

「所謂的『幹勁』——是指進行作業產生的快感。是透過進行作業刺激大腦中一個叫伏隔核的部位而湧出來的。利用那股幹勁做事情的過程中，又會湧出更多的幹勁。反過來講，靠除此之外的方法是無法湧出幹勁的。」

萌老師——彷彿是和利用手槍威脅念書的亞莉亞老師完全不同類型的家庭教師大姊姊。不會強調舊世代的那種毅力理論，相當現代。

（聽她這麼一說，的確……）

即使在做念書之類自己不喜歡的事情時，只要開始後過了一段時間進入狀況……就會變得不再需要『幹勁』了。畢竟都已經在幹了嘛。

可是——

「可是在最初剛要開始的時候……還是需要幹勁吧？」

「嗯，需要喔。」

「我就是因為那個最初的幹勁提不起來，所以都沒辦法說念書就馬上開始念書。講起來很丟臉，但我在念書之前總是會上網拖拖拉拉，甚至睡著。該說是我的心太弱了嘛……」

我搔搔後腦，紅著臉招認自己的沒出息後……

「不用感到丟臉呀，那是很理所當然的事情！」

萌左右搖晃她的鮑伯頭，強而有力地否定了我的說法。

理所當然的……事情？

妳說這個因為討厭就不想念書的懦弱的心嗎……

「因為討厭念書的並不是遠山同學的『心』，而是『腦』呀。」

「……腦？」

「嗯，腦並不是心，是為了生存而工作的肉體器官。是人類對於讓自己這個生物個體活下去以外的事情本來就不太會關心的器官。因此腦對於『現場的安全與否』或是『動作的舒服與否』會反應得很敏感，可是對於『為了將來一點一滴努力』之類沒辦法馬上獲得報酬的行為，在本能上本來就會討厭的。」

——在武偵高中進入救護科的萌，講出的話帶有腦生化學理論。

不知道該說是有種把學者的說法照搬的感覺……或是說有種NHK節目『老師沒教的事』的感覺，但至少比教務科的毅力理論來得好太多了。聽一聽應該也沒什麼壞處。

就在我聽著萌講話的時候……

「這女孩講的話很有趣吧？我也是跟她相處之後才發現的。」

菊代苦笑一下，走向紙杯咖啡販賣機。

「……」

我望向她的背影，對那性感到與水手服格格不入的後頸短髮不禁有點看得入迷時——

「所以說，只要抓到讓大腦討厭的事情……簡單講就是讓自己討厭的事情能順利開始的訣竅，遠山同學也能變得很會念書。」

萌忽然把身體靠近我，想要讓我的注意力放回她身上。

因為從近處抬頭看向我的動作，萌那對像布丁一樣充滿彈力的雙峰——柔軟變形到幾乎快要撐破水手服的上衣。超、超級有分量的。

我不禁回想起自己的手臂剛才被那兩團肉夾住的畫面……又為了不要被萌發現我在注意她的胸部……

「讓、讓自己討厭的事情順利開始……是要怎麼做啦？」

於是假裝認真回到萌老師的『幹勁學』話題上。

「設定出目標就行啦。」

「……就這樣？」

「嗯，一開始先這樣就好。遠山同學現在念書的目標是？」

「避免期末成績不及格。」

「……在這所學校還會不及格，遠山同學你……呃，嗯，我知道了。期限設定到期末，目標是避免不及格。那麼像是化學就只要搞懂這部分……」

萌說著，翻開我買來後都沒看過的全新參考書，拿起紅色鉛筆在上面打勾。

看來是只要把她打勾的部分好好念過，至少就不會不及格的意思。

她接著對其他科目也同樣畫出底線。

這麼一來——首先就能掌握我為了『避免不及格』，所必須完成的課題分量究竟有多少了。

話雖如此，但所有科目加起來的量果然還是很多。

想到要一口氣把這些全部搞定，我就頓時沒有幹勁了。不過——

「這樣的分量除以考試前的期間……一天只要努力個三小時左右，應該就能完成所有科目囉。」

一天三小時。這種程度我應該就能辦到。

好像有點幹勁了。

「遠山同學，變得有精神了呢。」

萌露出彷彿讓這項作戰的前途一片光明的乖小孩微笑看向我。

就在我真的把萌看成救命女神，湧起想膜拜她的衝動時……

「計畫要從巨觀至微觀，是吧？」

……端著一杯黑咖啡的菊代插入我們的對話。

看來菊代也是受過萌老師薰陶的學徒。

居然對非人哉排名上榜者的我和當過黑道的女孩子都願意教導功課，萌老師簡直是觀世音菩薩了。

（既然一天只要三小時……我今天就先回宿舍輕鬆一下，睡覺前再念個三小時吧。）

正當我心中如此盤算時……

「還不能鬆懈喔，遠山。你現在──一定在想先輕鬆一下，睡覺前再念個三小時對吧？」

呃。

該死的菊代，不愧是在地下社會打滾過，很擅長看穿別人的不良企圖嘛。還有，妳為什麼也坐到我旁邊來啦。

逃亡計畫被識破的我，和眼神同樣凶狠的菊代用視線『囉嗦啦』『果然沒錯』地互瞪對方。而且因為她坐到我旁邊的關係，距離非常靠近。

「嗯嗯，『三小時』的難度其實還很高呢。」

在另一側，萌老師則是把筆記本靠近我，寫下日程表與時間分配。

結果萌老師的身體很自然地又再度貼近我，讓我無論如何都會看到她上衣的胸口。

「哦、哦哦……好大，不對，好高啊。我說難度。」

雖然已經形容得很囉嗦了，不過萌那對把制式尺寸的水手服撐高變形到像玩具一樣的巨乳──即使和年長世代的女性相比，偏差值應該也有67以上。而且不只是大而已，透過剛才的胸部老虎鉗也證明過肌肉分量偏少，是在武偵女生中相當寶貴的雙峰。

女生的胸部不只是看大小，也可以依照柔軟程度進行分類──而萌的雙峰不只是帶有彈力，而且也充滿讓人感受到母性的水嫩感、脂肪感與奶感。雖然屬於白雪・麗莎系統，不過在分類學上也有點接近中空知那種軟垂胸。

這類型的女生，對爆發模式來講是非常危險的存在。畢竟爆發模式本來就是為了繁衍子孫的能力，因此對胸部比較大，也就是比較容易養育嬰兒的女生容易積極發動。

想著這些事情，我不禁回想起過去那些胸部系女生的雙峰觸感……

（不……不妙……！）

趕緊輕輕甩頭，把記憶中的膚色果樹園從腦中揮散。

另外也為了不要讓自己的注意力被眼前豐腴的果實引走，我甚至還閉上眼睛——但萌老師可是為了我在筆記本上寫出學習規劃表。

要是我在這裡閉眼禱告也很奇怪，於是我只好努力讓自己的視野變窄，只看到筆記本的內容。

「計畫要從巨觀到微觀。首先決定出整體目標後，再分出更細的目標。從一個禮拜要念的分量，細分出一天的分量；從一天要念的分量，細分出一小時的分量。再來是三十分鐘，十五分鐘……越分越細，最後決定出剛開始的五分鐘要念到哪裡。分到這麼細之後，你看，讓人開始想念書的難度是不是就降低很多了？」

萌用紅色鉛筆在參考書上標記出來、要我在五分鐘內背下的內容……只有一點點。

看起來根本不用五分鐘，只要三分鐘左右就能搞定了。

如果只是這點程度，就算是我應該也沒問題。

「……哦哦，是啊。」

「那就五分鐘，把這部分記下來吧。」

「只要五分鐘就好嗎？今天不是本來要三小時……」

就在我感到疑惑時，坐在我右邊的菊代則是——

「遠山，剛開始不需要想那麼多。首先的目標是完成這五分鐘的內容。」

拿出手機啟動計時功能，說了一句「來，加油吧」便開始計時。

於是我抱著被騙也好的心情首先開始五分鐘——

在教科書與活頁筆記本之間來來去去，試著用功一下。

——嗶嗶！菊代的手機發出時間到的聲響……

「好，結束。辛苦囉，遠山。」

「……」

聽到菊代這麼說，於是我中斷念書，抬起頭——

「怎麼樣？幹勁有沒有湧出來……」

萌露出擔心自己的腦生化學理論在我身上是否也通用的表情，探頭看向我。但其實用不著她問我……我也發現到……

自己的確有種再繼續念個三十分鐘也沒問題的感覺。

甚至還覺得被中斷很可惜。

如果這就是所謂的『幹勁』，我的確感受到了。

「有……」

「那太好了！其實還有其他很多訣竅，不過今天就先記住『設定目標，掌握整體作業的分量』以及『細分預定表，降低一開始的難度』這兩點吧。那麼接下來是從這邊繼續，到這邊——二十五分鐘。加油喔。」

就這樣，我在萌的引導下，反覆幾次『用功二十五分鐘，休息五分鐘』的循環——最後一口氣連續一小時以上，合起來完成了三小時的念書分量。

……真有效啊，萌的這項『幹勁學』。至少對我來說啦。

「既然已經決定一天三小時，就算遇到狀況不錯也不要再念更多喔。那樣會減少自由時間，而且多念的部分到隔天會變得想拿來休息。接下來的部分等明天再一起到自習室來繼續吧。」

萌老師彎起手臂微微隆起肌肉，搖曳她輕柔的鮑伯頭秀髮，對我露出微笑。

連學生的自由時間和隔天的幹勁都有考慮到，真的是太先進了。

和教務科那種像血尿公司一樣，只會命令學生『給我死命讀書！』的教育方式，簡直相差如隔世。我看乾脆把教務科廢除掉，讓萌來當老師還比較好吧？

萌轉身走向書架拿她自己念書要用的書時，目送她離開的菊代則是……

「來，辛苦你囉。」

又端了一杯咖啡來給我，然後……

「今後的社會就算是當黑道也必須念點書才行。遠山，你要跟萌好好學習念書的方法，而且至少要到學校來上課喔？等畢業之後，我要讓你當首任總裁，從頭開始建立一個新組織。收入方面我會想辦法的。」

對我說出了『現在暫時把你交給萌，不過將來跟我到黑社會來』的發言。

話說菊代，原來妳是基於那種理由才對幫忙我唸書這麼合作啊？

「以前我就拒絕過了，不過我再拒絕一次。先姑且不論我個人如何，但遠山家可是熱愛正義的奇特家族。要是我到暴力團工作，絕對會被我哥，或者說我姊當場槍殺——」

——就在這時，很唐突地——

看著我講話的菊代皺起眉頭。

彷彿是她忽然發現什麼事情似的。

「幹麼啦？我以前也說過了吧？我不會去當黑道的。」

「……沒差，那種事以後再談。」

身穿水手服的樣子依然讓我感到很新鮮的菊代，嘟起嘴巴將視線落到桌面後……

又瞥眼看向我。

接著……

「你小心點。」

用低沉的嗓音小聲對我如此說道。

「小心什麼啦？」

「什麼都要小心。雖然這只是我的直覺，不過現在的你背上有種被燻黑的感覺。」

「……那是什麼啦？什麼感覺？」

我露出一臉聽不懂意思的表情後——

菊代把視線別到一旁，猶豫自己該不該講出來……

最後小聲告訴我一句：

「——就是跟我爸爸被殺時一樣的感覺。」

4彈　百感交集

武偵高中的結業・畢業典禮舉行得比一般高中、高職要來得晚，是在三月二十八日。

不過之前提過的缺席消化期間實質上就等於已經進入春假，因此對學生們來說感覺就像是在假期間舉辦典禮。隨後在校生便會收到武偵等級升降或是能否晉級的通知。

雖然是臨時抱佛腳，不過與萌&菊代一起念書並接受完一般科目期末考的我……為了隔天的結業典禮……

在考試造成的疲勞下睡得像爛泥一樣了。

成功地，睡得跟爛泥一樣了。

之所以會說『成功』是因為——我現在的生活中，光是想睡覺的時候能不能在宿舍的自己房間睡一覺，都有成功與否的差別。

目前我房間的大門鑰匙被做了一堆備份，亞莉亞、白雪、理子、蕾姬、金女和麗莎都可以自由進出。雖然去年我為了防止更嚴重的被害而曾經一度想對備份鑰匙的製造來源好好抗議（拳打腳踢槍擊）一番，但那個每張只收五百元的費用製造出一堆感應鑰匙卡的人物是就讀於裝備科一年級、名字像俏皮話一樣叫真弓真由美（Mayumi Mayumi）的女生。這傢伙是個必須自己拖著附滾輪點滴架走動的虛弱系女子，讓我實在無法對她出手，只能把問題擱置到現在都沒處理了。

也因為這樣，我的房間中總是會有剛才列舉的那些瘋狂女生們走來走去。我從玄關大門走向自己床鋪的路上，要是被蕾姬以外的任何人抓到，就會又是被迫幫忙工作，又是被要求一起玩遊戲，又是接受不必要的照顧，連睡個覺都有問題。如果把我比喻為走向床鋪的小精靈，那就是一條路上到處都有五顏六色的小鬼在埋伏我的狀態，這難度也太高了吧？

即便是擁有不死之身的『斝』大人，一直不睡覺（大概）也是會死的。因此我用修行的名義委託了那位在性能上『有總比沒有好』的戰妹——諜報科一年級的風魔陽菜監視我的房間，等到房間都沒人的時候寄一封『現在無人也』的簡訊給我，我就能偷偷回房睡覺。

就這樣在昨天晚上，我終於平安無事回到了誰都不在的自己房間中，不禁喜極而泣啊。

根據我的預測，從昨晚到今早這段時間中出現可能性較高的是麗莎和白雪，不過這兩人看到我在睡覺通常不會故意叫醒我。於是我把貝瑞塔與9mm子彈、武偵手冊與當成鬧鐘的手機都放到床頭櫃上——全身癱在雙層床的下鋪……進入夢鄉。這就是我的春天。短短半天的春假……

……叮、咚……

彬彬有禮的門鈴聲，讓我醒了過來。

我看一下枕邊的手機——時間是早上七點。

（一大早是誰啊……）

皺著眉頭起身的我，從那**彬彬有禮**的鈴聲知道了，是白雪。那傢伙明明就有備份鑰匙，但只要我在房間的時候都會先按一下門鈴，感覺就像敲門告知。至於她究竟為什麼會知道我在房間，想起來就有點恐怖。

（總覺得好像回到開學典禮那天一樣……）

不，不對。

會一大早跑來做家事的女生，現在已經增加為東洋、西洋兩個人了……

「小金，早安。麗莎也早安喔。」

「主人，夫人，早安。」

我穿著睡衣慵懶地來到客廳，便看到白雪與麗莎並肩對我露出笑臉。

她們身上分別穿著武偵高中的標準水手服與改造的水手女僕裝。

「妳們兩個，能不能別再用那種稱呼方式叫我了啦……」

打著呵欠準備去洗把臉的我，其實至今依然覺得那兩人感情能這麼好簡直是一項奇蹟。

根據潛伏在天花板上的風魔描述——我回國的那天早上，待在這房間等我回來的麗莎與從星伽家回校的白雪相遇了。就連我都很想稱讚自己當時迴避了那場面的危機察覺能力，不過更值得誇獎的是麗莎的對應能力。

據說那時的白雪全身釋放出強烈到就連只是在偷窺的風魔都會留下心靈創傷的殺氣，但麗莎卻是忽然用笑臉稱呼一聲『夫人』把白雪當人妻對待。結果也不知道這有什麼好高興的，白雪竟一瞬間就鎮定了下來。

從那之後一直都被麗莎『夫人、夫人』地稱呼的白雪，到現在心情也非常好。

「小金，這個……因為線鬆掉，我幫你縫補好囉。」

白雪說著，將幫我修補好的防彈制服與槍套包在布囊中遞給我。

因為我一直以來用這些東西時都很粗魯，讓它們到處破破爛爛的了。

「哦哦，謝謝，我這就穿上。」

我伸手收下……卻看到布囊上拔染的星伽家家紋——星陣笠，忍不住回想起緋緋神的事件。對心臟真不好呢。

（那傢伙，不知在宇宙過得好不好？）

眺望窗外一片藍天想著這種事情的我，又回到臥室中……

因為剛睡醒的關係，換褲子時失去了一下平衡。而就在這時——

我忽然感覺到背後有視線。應該是白雪吧。

「喂，不要偷窺男人換衣服啊。呃，妳如果跑去偷窺女人換衣服也很那個就是了……」

我繫上領帶稍微抗議，並轉回頭……看到果然是白雪站在那裡，可是……滴答、滴答滴答……

她那對烏溜溜大眼睛望著我，下垂的眼角竟然流出斗大的淚珠。

「呃，妳為什麼要哭啦？」

「啊！對不起喔，小金。」

白雪「哈哈哈」地有點慌張起來，用白皙的手指輕輕擦掉淚水後……

「對不起，我只是看到一如往常的小金，就忽然莫名感到安心下來……開心到、眼淚都……」

看來是經歷那麼一場重大事件後，讓她變得有點情緒不安定了。

我在強襲科有學過，困難的事件有時候會侵蝕人心。從事件現場忽然回到日常生活的時候，就會感到混亂或是對精神上造成影響。

亞莉亞因為個性堅強的緣故還沒什麼問題，但白雪又如何？

「什麼叫一如往常的我啦。我一直都是一如往常的我啊。」

感到有點擔心的我，稍微溫柔地說著，拍拍她的頭。

結果白雪點點頭後，臉頰微微泛紅起來……

撒嬌似地翻起眼珠看向我。

該怎麼說呢……

感覺她應該也沒問題吧。

（白雪才真的是從小到大都沒變啊。這種在好的意義上很文靜的個性……）

不過，我短時間內還是對她溫柔一點吧。當作是病後觀察期這樣。

一臉幸福地折起布囊的白雪，似乎也因為看到自己家的家紋而想起之前的事件——

「小金，那個……關於緋緋色金的事情，真是對不起喔。還麻煩你特地上宇宙去……」

又對我重複了不知道第幾次的致歉。

「夠啦，妳別再道歉了。而且在日常生活中回想起宇宙的事情對心臟很不好。喂，麗莎，拿救心丸來。」

對我來說，比起事件中那一連串的戰鬥……

搭乘太空梭的經歷才真的會造成心靈創傷啊。

發射升空的時候就已經搖過的太空梭，回到大氣層時也搖晃得超激烈。軌道器從宇宙回航時，是像滑翔機一樣降落到甘迺迪宇宙中心的跑道上——但也因此沒有多餘燃料，竟然是只靠機翼和機身的空氣阻力減速，簡直太亂來了。

以每小時兩萬四千公里的速度進入大氣層後，越來越濃的空氣摩擦出的粉紅色火焰包覆周圍……為了延長接受空氣阻力的距離，機體在夢露小姐的指示下不斷轉向蛇行，兩次、三次、四次。

在機體發出『喀吋喀吋、嘎嘰嘎嘰』的背景音效中……夢露小姐說著「那麼，要進入第一S彎囉～」「接著是第二S彎～」「第三S彎～」「第四～」的甜美聲音……伴隨那段恐怖體驗又再度湧上我的腦海。

從那之後，我變得光是聽到『宇宙』這個詞就會感到心悸、氣喘了。

像這種時候，『救～心，救心』（註2）。吃藥就是應該吃漢方藥啊。

「Mooi，縫得好漂亮呢。夫人將來一定是個賢妻良母，主人真是世界上最幸福的人呢。」

拿藥過來的麗莎看著我的腋下槍套，對白雪阿諛奉承起來。

話說，什麼叫『夫人將來是賢妻良母』啦？邏輯上太奇怪了吧？

「呵呵，麗莎真是個乖孩子。小金，像這孩子就可以收為小妾喔。」

然而那位夫人本人卻對那句話怪怪的地方完全置之不理，伸手對我的女僕摸摸頭。

這到底在搞什麼……為什麼完全無視於我的意思，就莫名其妙構築起家庭內的女性順位了？痛痛痛，這下換成我的胃痛起來啦。

「喂，麗莎，去幫我拿太田胃散過來……」

這東西因為也是天然藥物，所以對我的體質很有效。謝謝你，真是良藥（註3）。

註2　日本救心丸的廣告臺詞。

註3　日本太田胃散的廣告臺詞。

話說，雖然魔女連隊的伊碧麗塔以前抱怨過『詛咒的男人』殺也殺不死——但其實只要利用心靈創傷對心臟造成打擊，或是用心理壓力對胃造成打擊，從身體內部進行破壞不就能殺掉了？尤其是胃，只要扯到女人基本上就會讓我壓力大到胃潰瘍了，根本輕輕鬆鬆吧。不過要是她真的這樣搞，我也很頭痛就是了。

說到魔女連隊我就想起來，厄水魔女卡羯・葛菈塞現在和我之間——不知道該不該說是筆友，總之就是會互相寄送手機簡訊。

一方面也是因為我們彼此在極東戰役中都是為上司做牛做馬，被迫參加一堆瘋狂作戰的戰士，互相心中都有份共鳴，所以即便站在敵對立場還是頗合得來。

我會寄信告訴卡羯原本是她們女僕的麗莎在日本過得很好的事情……卡羯則是會寄一些她就讀那間大小姐學校的上學情景之類、隱含爆發性內容的照片讓我有點不爽，不過我還是忍耐下來……順便一點一滴打聽有關前眷屬傭兵『妖刕』與『魔劒』的情報。

實際上是魔女連隊以一人一億元的酬勞雇用的那對搭檔……據說在抓到我之後，就在德國消失了蹤影。

因為契約在那個時間點就算完成了，於是卡羯也拍下當時的雇用契約書寄給我看。那玩意不愧是魔女的契約書，竟然是用紅墨水簽名，讓人覺得有些毛骨悚然。不過比起契約內容，更重要的是寫在上面的本名，讓我知道了那傢伙的名字寫成漢字是

『原田靜刃』。

畢竟是用在姓名上很罕見的字，我想說查起來應該很容易，而委託了星座小隊的傻隊長貞德進行調查。可是……

「你對妖刕太過執著了。今後應該警戒的對象與其說是妖刕，搞不好應該是魔劒喔。」

她卻對我說出這樣一句話，表現得不是很合作。

順道一提，那位貞德是因為怕身為小隊監察員的我，在結業典禮遲到而跑來叫我起床……

但那其實只是藉口，實際上是為了跟我們一起享用麗莎和白雪做的早餐。

這傢伙明明是法國人，卻好像偶爾會莫名想吃白飯和味噌湯的樣子。

「為什麼啦？」

「原田的戰鬥力的確驚人，如果他不是傭兵而是正規的眷屬成員，極東戰役的結果搞不好就反過來了。然而，今後比較有可能快速成長的應該是魔劒・愛麗絲貝爾。畢竟在幾年之內——遠東地區也許會陷入超能力通膨的狀況。」

「……」

銀冰魔女小姐閉上冰藍色的眼睛，優雅地品嘗著赤味噌滑菇湯。不過……

「那是什麼通膨啦？」

「畢竟這當中也包含一些在緋緋神的事件中總算釐清的魔學性事實，所以我是不會說你有錯啦。」

總覺得，妳這開場白讓我感覺不太妙啊，貞德。

「——色金是根據感情起伏會釋放出多種肉眼看不見的粒子並擴散到廣範圍的物質。而當中有一部分會成為阻礙粒子，間斷性地弱化超能力者的力量。在歷史上，歐亞大陸東部會觀測到璃璃粒子，北美和歐洲則是會觀測到瑠瑠粒子。然而璃璃粒子和瑠瑠粒子的差異很難檢測，可說是同素異形體。」

……糟糕。

就算我有念過書，可是現在竟然跑出像化學的應用詞彙了。

光是璃璃啦瑠瑠的就已經讓人很容易搞混了，妳還要讓話題變得更複雜難懂啊，貞德小姐？我會很傷腦筋的。

「至少就我所知，對於觀測到的色金粒子究竟是璃璃粒子還是瑠瑠粒子——人們都不會太在意。反正它們成為阻礙粒子造成的影響完全一樣，特地去分析也沒有意義。因此這兩種色金粒子一直以來都是根據偵測到影響的**地區**在進行區別的。」

「簡單來講，就是大家都當成『落在亞洲的是璃璃粒子，落在歐洲的是瑠瑠粒子』這樣。」

多虧白雪一邊幫忙添飯一邊補充說明，我才總算聽懂了。

「然後在前陣子總算查明所在地的緋緋色金原石，恐怕也有釋放粒子……也就是緋緋粒子。只是因為緋緋粒子和璃璃粒子之間難以區別，所以一直都和璃璃粒子混淆在一起了。雖然說，像玉藻或九九藻……那些妖獸們似乎可以靠感覺區分緋緋粒子的存在啦。」

也就是說，位於俄羅斯東部的璃璃色金與位於青森的緋緋色金——以地球規模來看距離太近，因此大家都以為粒子的發生源頭只有一個的意思吧。

「現在因為緋緋色金被移到衛星軌道的緣故，亞洲……尤其是遠東地區的色金粒子濃度想必會變得比較淡，也就是對超能力者們來說，『放晴的日子』會變多。」

像雨一樣會下下停停的色金粒子——

事實上是根據色金那群女人真的像天氣一樣多變的感情而一下釋放一下又停止。而現在那個降雨量……

變少了的意思。

「原本就沒有色金粒子飄散的地區，例如東歐，魔學就發展得很順利。羅馬尼亞在歷史上會成為黑魔術的先進國家，也是因為這樣的原因。」

「——換言之，今後在日本的超能力者或許會變得更強是吧？」

我吃著白雪幫忙添的大碗白飯，照我的方式做出結論。

讓緋緋色金回到宇宙是基於人道上的措施，我對這點並不後悔。然而……

看來我搞不好是自掘了一個很大的墳墓。我是不清楚日本究竟有多少超能力者啦，但我這下促成氣候改變，讓那些人能夠過得更舒適了。

不過，超能力本身並沒有罪。

問題在於使用者的心態。拿來做壞事的傢伙我就像過去一樣好好懲罰便行，而且拿超能力做好事的超能力者也會變得更強，應該算是好事吧。

雖然我不知道那個叫魔劍的愛麗絲貝爾下次會怎麼做……

但不管怎麼說，要是讓我找到，我就跟妖刕原田靜刃一樣猛烈地欺負她一番吧。武偵可是很重情義的。

麗莎因為在結業典禮之前想先買個東西而早早出門，貞德也吃完早餐就拍拍屁股走人了。

然後，結業典禮的集合時間靜靜接近——於是單手把書包掛在肩上的我，以及用雙手把學校指定書包提在前方的白雪便一起走出宿舍。

天氣相當晴朗。徹底變得溫暖的陽光照起來耀眼而舒服。

空地島上的風力發電機朝著西北方。從那方向不會有東京灣的溼氣與品川的廢氣飄來，是最棒的風向。

今天不用上課也沒有考試，爽朗的早晨啊。

「輪胎氣壓正常，車燈電池正常，坐墊下沒有炸彈。」

我在腳踏車停車場有點誇大地檢查腳踏車後……

「呵呵！小金，你太誇張了啦。不過很帥喔。」

白雪把手輕輕放在嘴邊，對我做出反應。

她就是在這方面跟亞莉亞不一樣，很會看氣氛顧狀況，讓人感到心情穩定。不知道該說是搞笑起來很有成就感的對象還是什麼的。

我跨上腳踏車坐墊，讓白雪側坐在後方……結果她扭扭捏捏地輕輕抱住我的腰，不過我也任由她了。

「失去御神體之後，現在星伽家還好嗎？」

騎在武偵高中的私人道路上，我對後方的白雪提起這個話題……

「或許小金也有從玉藻大人那邊聽說過，其實在星伽神社還殘留有一點緋緋色金。據說是緋緋神希望即使本體回到天上，還是留下一部分在她長年以來居住的星伽神社。雖然剩下的緋緋色金只有一顆排球的大小，不過肯定是世界上最大的緋緋色金了。」

「這樣喔～唉呀，那種大小感覺也比較像一般所謂的御神體嘛。那玩意的尺寸本來就太大了。」

順道一提，聽說後來從緋緋色金長年坐鎮的神奈備中發現大量的紅寶石，引起了一場大騷動。雖然不知道那是白雪的祖先們供奉的東西，還是緋緋色金的神祕力量讓火山岩的氧化鋁形成的結晶，但總之我覺得真是太可惜啦。有那閒工夫耍帥保護亞莉亞跟白雪，還不如撿撿腳邊的石頭塞滿褲子口袋。人說亂槍打鳥總會中，搞不好其中就會有一顆是紅寶石的說。

「……」

「……」

白雪只要和我兩人獨處就老是會一臉陶醉變得話少，而我也完全無法提供什麼女生會感到有趣的話題，於是就安靜下來了。

踩踏板的聲音，偶爾經過旁邊的車子聲音，麻雀嘰嘰叫的聲音……

行人號誌發出的視障者用誘導聲響……

「小金……騎腳踏車的技術好棒呢……」

白雪在我背後說出這種話的陶醉聲音。

「這種東西誰都會騎吧？」

「才不，像我就不會。即使裝上輔助輪我還是會跌倒。謝謝你載我。」

說真的，虧妳運動神經那麼差，還能當女子排球社的社長啊。

不過，被依舊是個日本美女的白雪忽然道謝的我也慌張起來……

「啊……不……我才要說，謝謝妳總是幫我做家事。尤其是打掃房間，真的幫上我很大的忙。」

我莫名有種被道謝就應該找理由回謝的念頭……結果就把這樣日常中的事情搬出來特地道謝了。

這是什麼搞笑感。每次和白雪在一起就會這樣。

「不會啦，最近因為麗莎也會幫忙，所以搞不好我還有點偷懶呢。」

露出苦笑的白雪還是老樣子很愛乾淨，總是會讓我和理子這對『不會收拾兩天王』

弄亂的房間保持清潔。無論陽臺、浴室還是洗手間都無時無刻像一流飯店般閃閃發亮，雖然廁所門把上套了女子力很高的握把套，讓我覺得有點『那個』啦。她本人嘴上說自己有點偷懶，但其實明眼人都看得出來她即便有麗莎這個女僕可以差使，也絕不會把工作完全交給麗莎，該自己做的事情還是會自己親手做。

身為星伽巫女，又身為武偵高中的優等生——完成各種工作的同時，也能完美做好家事。白雪真的像是個日本女性模範的完美女生。

「小金。」

白雪抱在我腰上的手臂忽然微微用力……並把頭靠到我背上。

「嗯？」

就在我準備轉回頭的時候……

「……你不要不見喔……」

白雪低下頭如此呢喃。

「妳在說什麼啦？我才不會不見。我會盡量多待在妳身邊的。」

剛才我在心中有點誇獎過度了，但白雪同時是個不知道為什麼會忽然發作，想拿日本刀把在我附近的女生都一刀兩斷的『衝動型女孩』。

因此我必須盡量待在她身邊，保護遭她傷害的女生們才行啊。

然而，白雪就是會瞎操心，緊抓著我彷彿不願放開似地……

「小金還記得我去年春天的占卜嗎？那時的結果是『小金會消失』……可是到現在

還沒發生。這讓我好害怕。巫女占卜牌算出來的是幾年內會發生的事情……所以到現在還是有可能性……」

「那件事其實已經發生過啦。只是因為我很快又回來了，所以妳大概沒感覺。我去年有被退學過一次，轉到一般學校。就是那件事啦。」

「不，那麼短的期間不算是『消失』……」

好鬱悶的氣氛啊。

好麻煩的話題啊。

「沒問題啦。我已經不會再被退學了。期末考我有好好念書，保健體育的考試時鉛筆應該也努力幫我轉出答案了，出席日數也足夠。沒問題，沒問題。」

我很有精神地對白雪這麼說的時候——

走在路上的武偵高中學生也漸漸變多。

因為我們已經接近結業．畢業典禮的會場……也就是講堂了。

這麼一來，我不禁會在意起周圍的眼光——但白雪卻剛好相反，似乎很希望讓不特定多數的學生目擊到我騎腳踏車載她的畫面。而實際上真的被目擊到後，她也不知道為什麼開心起來，一反剛才沉重的氣氛，用開朗的聲音對我說道：

「嗯……說得也對。小金，你說得對。我們以後肯定會一直在一起的。對了，希望晉級後我們可以被分到同一班呢，然後亞莉亞最好是在不同班。」

「哦、哦哦。」

就這樣，我和白雪穿過花開三成的櫻花樹形成的拱門——前往大講堂完成高二最後一次到校。來，準備結業吧。

彈痕被縫縫補補掩飾過去的舞臺布簾左右拉開後，綠松武尊校長站上講臺。

「——武偵的武，是阻止的『止』加上干戈的『戈』……」

話說，我們學校的校長是這種長相嗎？是這種聲音嗎？

我雖然有見過幾次面，但總覺得好像是這個人，又好像不是。

真不愧是『看得見的透明人』，讓人又欽佩又毛骨悚然啊。

「——期許各位成為阻止犯罪干戈的武偵，為日本以及世界的未來……」

不過這場典禮中，讓人毛骨悚然的不只是校長而已。

因為結業典禮之後緊接著就是畢業典禮，所以大講堂前方都是三年級的學生。

在武偵高中到了三年級，多半都會以職業身分從事各種工作。

因此平常在校內不太會見到他們，今天也只聚集了一半左右的人數。不過像那樣排在一起——太恐怖了，那壓倒性的存在感，或者說殺氣。

不論是哪個傢伙，都讓人即使從背後也不敢直視。所有人都不是等閒之輩啊。明明座位距離那麼遠，卻還是讓我感受到一種光是和他們接觸同樣的空氣，皮膚就會當場裂開的銳利氛圍。

而且他們為了不讓一般人察覺——每個都把那強烈的氣息隱藏在制服底下。

稍不注意就會一個個看起來像極為平凡的年輕人，這點反而讓人覺得可怕。

雖然還感受不出那股氣氛的一年級生們大家都若無其事的樣子，但能夠察覺到的二年級生多半都和我一樣……看著三年級生的背影，緊張得額頭冒出汗水。這是什麼像戰場一樣的畢業典禮啦。

（真討厭啊……難道我們一年後也會變成那樣嗎……）

另外更驚人的是，那些三年級生中有一部分的人已經透過保送確定會升上一般大學或短大了。蟲子也能靠筆記合格的武偵大學還姑且不說，但為什麼那種學生居然可以進入包含一流大學在內的私立或國立大學——是因為最近大學校區內的治安也日漸惡化的緣故。

大學為了預防有神經病拿霰彈槍胡亂掃射或是有不良學生拿便宜槍枝引發事件，會利用保送名額讓一點都不怕真槍的學生武偵進入學校當看門狗。被稱為『學警武偵』的那些學生平常會隱藏武偵的身分，假裝成平凡的學生默默上學，然後以不為人知地**除掉**為害校園的壞人為代價，接受不符真正學力的高等大學教育。

就算不是靠保送，升學到一般大學的畢業生也不少。無論是靠運氣考上的二流大學，還是進入新生不足預定名額的三流大學……因為已經在從事職業工作的武偵，如果有個『武偵以外的身分』會比較方便。假裝普通學生上大學的同時，私底下繼續從事武偵的工作——對於那樣的畢業生們來說，高三這一年也可說是一段練習期間。

另外……也有人在某種意義上算是轉職進入防衛大學或防衛醫大，有人則是不選擇升學而以獨立武偵的身分開辦個人事務處，有人到武偵企業就職當領薪族，也有人隱瞞學校自己的出路，單純地**消失**。

就這樣……

那些像強力步槍子彈一樣的三年級生們，便一個個被放出學校。

成為遏止社會犯罪干戈的——武偵。

結業典禮結束後離開講堂時，出口附近被我們這些在校生們擠得水洩不通了。

這是因為武偵高中有『四月時所有人都要掛名牌』這樣一項已經殘骸化的規則，而教務科竟然判斷錯誤，在大講堂的走廊上發放名牌所導致的。

於是我拉著白雪的手走在人群中，發現在遠處的亞莉亞與理子……正想說如果再加上蕾姬，前巴斯克維爾小隊就全員到齊了，但她似乎不在現場。

我試著打電話給蕾姬，卻只聽到國際電話的待接鈴聲——而這時剛好遇到被人潮推來擠去的中空知，就花了五十元請她幫忙聽鈴聲，才知道那是俄羅斯一家叫MTS的電信公司使用的手機待接鈴聲。看來蕾姬還在俄羅斯的樣子。

好不容易領到名牌後，我、白雪、亞莉亞與理子便來到大講堂外會合。

「參加這樣的典禮，就會讓人覺得對將來的期待充滿胸中呢。」

聽到亞莉亞用爽朗的笑容仰望藍天講出這樣一句話……

「期待、」

「充滿、」

「胸中？」

我、白雪與理子都忍不住用視線隔著衣服確認亞莉亞的胸部有沒有真的鼓起來……

「為什麼你們可以把一句話拆開來講啦！」

結果亞莉亞小姐果然到最後就是要這樣才像她似的，拔出兩把Government射出子彈——

就這樣，我們的二年級生活落幕了。就跟開始的時候一樣，伴隨槍聲。

好啦，言歸正傳——

後來很快地，有個不速之客出現在我們面前。

「哦～亞莉亞女士，辛苦啦。這邊這邊，過來一下。」

剛開始因為藏在學生之中沒看到……是把春季款的長風衣拖在地上、戴眼鏡、綁麻花辮、粗眉毛，看起來像小學女生的——成年人。

此人正是以前和我跟亞莉亞在新宿～原宿～表參道演出過一場飛車追逐秀的——外務省歐洲局事務官，錢形乃莉。

她把亞莉亞叫到大講堂旁邊——有梅花、桃花與櫻花種植在同一場所的中庭——看到我和亞莉亞在一起也沒多說什麼。

而那個理由——

我們很快就知道了。

「唉呀～這可真是累死我啦。自從接到副大臣下達的命令後，我又是透過推特又是透過臉書，熬夜再熬夜地進行了一場大搜索。雖然沒找到所有人，但也好不容易聚集了這麼多，你們可要賞個臉好好嚇一跳呀。來，驚喜一下！」

錢形伸開過長的袖子所指的中庭裡，有推測是去年四月在公車劫持事件中被亞莉亞拯救的武偵高中學生、在劫機事件中獲救的乘客、ＡＮＡ的機師和空服人員以及昭昭姊妹劫持新幹線事件中獲救的人們。

另外還有許多男女老幼，看來應該都是……

或直接或間接**被亞莉亞拯救過的人**。

大家聚集在中庭享用著各式甜點與果汁，感覺就像在舉辦什麼賞花派對一樣。

在人群中心，還有亞莉亞的顧問律師連城黑枝以及一年級的間宮明里。

而那個間宮正對著某個人物誇大描述著亞莉亞的活躍表現。

看到那個人物——

我和理子頓時瞪大眼睛。

白雪似乎早已預料到這場活動，轉頭看向亞莉亞。

至於亞莉亞則是在踏入中庭的瞬間就驚訝得說不出話來……

甚至一反她平常的態度，全身微微顫抖。

因為實在太高興……

太高興……

長年來的願望終於實現了。

「媽媽……！」

「亞莉亞……！」

沒錯。

那位身穿寬鬆的連身長裙、站在花朵綻放的庭院中央、一頭長髮隨春風搖曳的人物……

正是亞莉亞的母親——

神崎香苗小姐。

她被……釋放了。

「……媽媽……！」

眼神看起來無法相信媽媽就在面前的亞莉亞……搖搖晃晃地踏出顫抖的雙腳，一步一步往前走去。

「喂，星伽白雪。我是不知道妳究竟上奏了什麼事情，但這實質上就是妳的奏書起了效果喔。內閣府經由宮內廳對法務省施壓，讓法務大臣發動了對檢察總長的指揮權，中止了對神崎香苗的判決。雖然這種事情偶爾會發生，但我可是很久沒遇到當天就釋放的案例啦。」

仔細一看，錢形似乎大白天就喝了點酒，口無遮攔地把這些事都說了出來。被她指名道姓的白雪則是裝作沒聽到，走到亞莉亞身邊扶著她。

這不是夢。日本政府真的……

把因為對於超能力世界的核心物質——色金、知道太多而遭到拘押的香苗小姐釋放出來了。畢竟緋緋色金的本體已經從日本消失，對它保持警戒或企圖利用它都變得沒什麼意義了。

另外，我從錢形剛才的發言中也聽出來……這有點像是政府畏懼亞莉亞而做出的對應。香苗小姐會突然被釋放，也證明了我這個想法。

那麼，『白雪的報告』中究竟有什麼讓政府如此畏懼？如此害怕？

不用說……

當然就是超超能力者——『緋彈的亞莉亞』降臨了。

雖然實際上她現在頂多只會放雷射，但能力卻是未知數。緋彈的亞莉亞今後不知道還會跑出什麼招式，就算是國家等級也不會想與她敵對吧。

從錢形剛才的爆料中也可以知道，這項情報之所以會一瞬間在內閣府與各部門間傳開的理由，光是想起來就誠惶誠恐……是白雪將『國寶緋緋色金歸還天上，獲其力量之少女現世』這件事報告給她本來就有門路聯絡的宮內廳——然後獲得某位大人物賜聽，並下達了什麼指示。

「……」

不過我現在，只是單純地……

抱著百感交集的心情，注視相擁的亞莉亞與香苗小姐。

恭喜妳，亞莉亞。

恭喜妳啊……！

「媽媽……媽媽……！」

「……亞莉亞，我聽在場的這些人說了。不，就算沒聽他們描述，這些人願意這樣為妳祝賀就是最好的證據。妳——已經成為優秀的武偵了。」

「……媽媽……嗚嗚……嗚哇哇哇……！」

明明是在閻宮面前，亞莉亞卻也顧不得什麼面子——

把臉埋到香苗小姐的胸口，嚎啕大哭起來。

香苗小姐也像個女神般擁抱著亞莉亞……

看到這一幕，連我都被感染得差點要哭出來。於是……

「——香苗小姐是無罪釋放對吧？總不是假釋什麼的吧？」

我稍微彎下腰，讓視線與錢形同高，並朝她瞪一眼來忍住淚水。

「你懷疑的話就看看最高法院的行政命令書吧，拿去。雖然內容編撰得好像很有一回事，不過實際上寫的就是要釋放神崎香苗女士。另外關於亞莉亞女士的強制歸國以及對你的驅逐出境建議也全部都獲得解決了。」

「……」

原來我那時候還被建議了那種事情啊?真是頭大呢。
但不管怎麼說,總之——
亞莉亞。
妳果然已經不是什麼獨唱曲了。
也不是和我兩人的二重唱。
因為在妳周圍……
有這麼多人願意和妳大合唱啊。
太好了。亞莉亞,真的是太好了。

明明是別人家的事情卻感動到真的差點哭出來的我——
因為覺得太丟臉,而偷偷離開了中庭。
(畢竟要是被理子之類的傢伙看到我哭,肯定會拍照下來一輩子捉弄我的。)
我抱著這樣彆扭的想法……同時覺得應該回宿舍把這可喜可賀的消息也告訴麗莎,於是坐上剛好到站的學園島巡迴公車。
然後坐到位子上看一下手機,才發現有未接來電和郵件。
(……高天原、老師……)
不妙,我居然沒發現高天原老師打電話來。
而且郵件內容是要我立刻到教務科的教職員室報到。

真討厭啊，居然是武偵高中三大危險地區之一的教務科，而且是美女教師高天原老師的直接指名。我才想說總算要換班導，內心還高興了一下的說。

然而在施行封建主義的武偵高中，對老師的命令要絕對服從。

雖然高天原並不是那種類型的人，但既然被命令立刻報到卻沒有馬上過去，還是有可能受到攸關性命的體罰。

因此我頓時感到焦急起來……不過不幸中的大幸是，這封郵件剛剛才寄到，而且這班公車也會停在教務科前面，讓我實際上也很快就抵達教務科了。

正當我走下公車，戰戰兢兢仰望教務科大樓時……

「遠山同學，你也被叫來啦？」

哦？居然遇到稀奇的人物了。

一石雅斗——是個一年級雖然和我同班，但升上二年級時被分到**資優班**X班的才俊。

而事實上這男人真的和亞莉亞、蕾姬以及從前的我一樣是S級武偵。是跨修強襲科、狙擊科和車輛科的超人，功課又好到讓人不敢相信是武偵高中的學生。

因為是個不注重打扮的男人，所以不是受女性喜歡的類型，無論長相還是體格都很粗獷。身高大約一百八十公分。個性上是個認真的工作狂，從來沒有人看過他蹺掉任務或出去玩的樣子。

遵守法令，對同伴——尤其是對年少者絕對保護到底。身心堅強，又有領導氣質。堅決不做卑鄙狡猾的事情。

正因為那樣的個性，他很受周圍人的信賴。我想在全二年級中應該是最可靠的男人。

只是……因為腦袋有點硬，跟我不太合得來。

雖然我不討厭他，但老實講，我認為他並不適合當武偵。真要說起來，警察或許才是他的天職。

「一石──既然連你也被教務科叫來，那我就安心多了。畢竟這樣看來並不是要挨罵的樣子。」

「誰知道？不實際去看看也很難講。」

哈哈哈。一石開朗地笑了起來……不過他說得的確沒錯，如果對方是教務科，誰也不知道究竟會是什麼事情。

「那就走吧。上次和你一起被叫到教務科，已經是一年級四月的事情啦。」

「你這麼說我也想起來了。那時候我也是和遠山同學一起的。」

在武偵高中──遇到學生姓名的用字太相近時，為了避免混淆，會在名冊上將下面的名字改為片假名或平假名標記。

我和一石在一年級就遇上這種狀況，而被叫到教務科和名字相似的學生猜拳，結果我們兩人都輸了。

雖然我們在各方面都相差很多，卻唯獨『猜拳很弱』這一點是共通的呢。

「跟你聊個不相關的事情，一石——你知道SDA排名是什麼嗎？」

「……拜託別提那個。」

「你在亞洲排第幾？」

「第五十五啦。」

好耶！這傢伙比我還非人哉啊。

畢竟一石隸屬的二年X班主要是讓會受外國警察、軍警、軍方特殊部隊、外國人部隊或軍事顧問團之類的組織雇用的超強學生就讀的班級。課程內容操到從十六歲就要上戰場。

以足球來比喻，就是留在青少隊太浪費人才，乾脆直接送進成人球隊——而且是外國球隊，進行武者修行的強化育成班。

編列到X班的過程，是在一年級結束時教務科會先探詢學生，若學生本人沒有意願就不會被編入……當時我已經降到E級，亞莉亞則因為身分特殊沒有被詢問。蕾姬好像有被問過，但她拒絕了。而一石倒是答應了編入的提議。

「唉呀~一石，你真是超強的，我尊敬你。我才排第七十一而已。因為有你在讓我降了一階，真不甘心啊。」

面對下手不留情的恐怖分子或軍隊，武偵卻要背負不殺人的義務與之對抗。這樣不講理的遊戲玩一整年下來——非人哉等級當然會提升啦。噗噗噗！

「搞什麼，遠山同學？拜託你不要嘴巴說不甘心，臉上卻露出那樣開心的表情。那個莫名其妙的排名是美國的排行公司擅自……」
「是啦是啦。」
我的心情雀躍到腳步都輕盈起來了。不過……
一石，我很清楚，你的高二時代想必也過得像地獄一般吧。你從一年級的時候就已經很強，現在感覺又比那時升了好幾個等級。雖然你跟剛才那些三年級生一樣隱藏得很巧妙就是了。
亞莉亞也好蕾姬也好，你們這些S級武偵果然還是少惹為妙。
我們就這麼一邊聊天一邊走進教務科……來到教職員辦公室門前。
「一石雅斗報到。」
「遠山金次報到。」
雖然辦公室裡沒幾位老師，但我還是假裝若無其事地把一石當成盾牌，戰戰兢兢走進裡面……
「啊，是你們兩位呀。這樣人就到齊了。請過來這邊吧。」
高天原老師從桌上拿起不知是什麼文件的A4牛皮信封，然後帶我們來到用屏風隔出來的談話間。
教務科的教職員室看起來就跟一般的辦公室一樣——
這個談話用的隔間也是只擺了老舊沙發與茶桌的狹小空間。
「……」

現場另外還有一名我不認識的學生。是一頭黑髮及肩的女生。

雖然長相漂亮，不過只瞄了我們一眼也不打招呼。

感覺有點像換了顏色和髮型的蕾姬。

「呃~占用到各位忙碌的時間，真是不好意思喔。」

高天原老師微微苦笑，並坐到沙發上。穿緊身迷你裙的她坐在高度那麼低的沙發上感覺裙底會當場曝光，害我瞬間著急了一下。然而她不愧是個老師，把文件抽出來後就把信封放在大腿上擋住縫隙。真是得救啦。

不過就在這時，我稍微瞄到了文件封面的角落。

秋霜烈日徽章——是檢察廳的標誌。看來事情不太尋常的樣子。

我們也各自坐到位子上後……

「一石同學、佐伯同學、遠山同學——武裝檢察局有信件要給你們三位。」

高天原老師眼鏡底下原本溫和的雙眼瞇起來，如此說道。

（……武裝檢察局？）

那是我父親生前隸屬的機構。

所謂的武裝檢察官，是超越法規的公務員。是為了維繫國家社會的治安，在針對刑事案件進行搜查、起訴工作的檢察業界中——能夠以超法規的武力貫徹正義的職位。

這項職位由內閣總理大臣任命，是國家公認的正義英雄。有責任義務面對不只是武偵或警察，搞不好連自衛隊都無法應付的巨大惡人。無論遇到怎麼樣的敵人，都不允許背對逃避危害日本的罪犯。

「雖然這通知來得很突然，不過本年度的武檢選拔——將從明天開始為期三天。今年的畢業生中也有幾個人報考，而武裝檢察局聯絡說你們三位也可以跳級接受選拔。據說對方獨自調查了你們這一年來的表現，認為你們是讓人很感興趣的人才。你們意願如何？」

武檢選拔……武裝檢察官選拔測驗嗎……！

一如字面上的意思，那是評選武裝檢察官的國家考試。智力、體力、精神力、判斷力、領導力、戰鬥力等各方面能力都會受到考驗，而且要連續接受好幾階段賭上性命的測試，是地獄級的國考，一年都不知道會不會出現一名合格者。

正因為如此，能當上武裝檢察官的人毫無疑問是完美的超人，被認為出現在世上的機率甚至比超能力者還要低。不過……

「老師，請等一下。要選上武裝檢察官不是首先必須為大學畢業的檢察官才——」

對這件事感到驚訝的我如此詢問後……

「對，沒錯。你們三位就算去接受測驗，肯定也無法當上武裝檢察官。我感到奇怪而試探了一下才知道——武裝檢察局因為面臨慢性的人才缺乏問題，聽說從明年度開始要設立武檢補，也就是武裝檢察補佐官的職位。今年度的武檢選拔參加資格之所以會大幅放寬，或許就是打算從落選者中挑選武檢補吧。因此今後的時代應該也可以選擇先成為武檢補累積表現，然後升官成為武檢的方式。當然，這些全都只是我的推理啦。」

雖然高天原老師因為我父親是殉職的關係而沒有明講，不過……

透過武力制裁犯罪的武裝檢察官，殉職率相當高。

甚至光用高還不足以形容。將近三成的人在退休之前就會喪命了。

頭腦好，身體強，懷抱正義感，即使只領微薄的公務員薪水也願意賭上性命戰鬥。要是讓這種像神一樣的人才繼續犧牲下去……自然避免不了『慢性人才缺乏』的問題。

因此，檢察局這麼做——

（別開玩笑了，誰願意幹這種事啦？簡單來說這根本……）

也就是——

「——這件事恕我謝絕。所謂的武檢補，根本就是**砲灰**吧。」

黑髮及肩的……

名叫佐伯的女生聲音冷淡地說出和我完全一致的推測。

簡單講，武檢補就是為了寶貴的武裝檢察官準備的替身娃娃。利用武裝檢察官的職位當誘餌召集一堆正義青年，然後把這些『年輕小夥子』當成會動的免洗防彈衣嘛。

「——我也謝絕。反正參加鐵定落選的測驗只是浪費時間而已。」

我也像吐毛球的貓一樣露出作嘔的表情拒絕了。

或許是因為有義務不得不這麼做，但高天原妳也別為了這種送學生去死的事情特地把我們找來問嘛。反正不可能有人會接受，妳直接幫我們回絕掉不就好了。

正當我感到不爽而準備起身離開的時候——

「老師，謝謝妳的告知。請把准考證給我，我願意參加。」

一石竟然對高天原伸出手，讓我和佐伯頓時瞪大眼睛。

大概是萬萬沒想到會有人答應的高天原老師也是一樣。

喂，一石，憑你的腦袋不可能沒看出這件事的本質吧？都聽完高天原剛才那段話，也看到我們拒絕了，為什麼你……

我的疑問還沒說出口，一石便繼續說道：

「遠山同學，這件事我一直都沒跟你提過，但其實我的夢想就是成為武裝檢察官。和十三年前拯救過年幼的我和我妹妹的——你的父親一樣的武裝檢察官。」

——什麼？

我爸拯救過小時候的一石……原來發生過那種事情？

一石的語氣充滿激情，聲音彷彿打開了什麼開關似地非常認真。

講話的內容雖然是說給我聽，但他的視線——卻是看向驚訝到沒能遞出准考證的老師，醞釀出說服對方的態度。

「而那樣的機會，以意想不到的形式來臨了。我不想放棄。本來以為要等大學畢業才能參加的考試如果現在就能參加，是很好的機會。就算第一年沒有合格，第二年、第三年反覆下來應該也能抓到訣竅。武檢選拔是到二十五歲之前每年都能參加，沒有次數限制。我一定能當上的。」

一石從途中開始就與其是對著我講，不如說是對著老師在講。

那巧妙的說話技巧，讓氣氛變得讓高天原難以開口說服一石放棄了。

「可是你如果落選後被找去當武檢補，你要怎麼辦？要是敢拒絕，檢察局會對你留下『不服從上級命令』的印象，等到下次選拔就會造成致命的——」

「如果有人找我，我就去當武檢補。就像老師剛才說的，我也能選擇從武檢補晉升為武檢啊。」

你的覺悟這麼堅定啊，一石……

我不禁閉上嘴巴了。

佐伯則是……只對一石瞥了一眼，彷彿在說『真是個笨蛋』。

她似乎原本就幾乎不認識一石，因此視線中不帶有任何感情。

「……我知道了。那麼一石同學請留下來。另外兩位就到這邊吧。」

聽到高天原老師如此說道……

我和佐伯只能留下一石，離開教職員室了。

不過在離去前——

「……一石，實現你的夢想吧。」

事情到這樣我也只好為他打氣啦。

個性認真的一石或許真的很適合去當武裝檢察官吧。

「謝謝你，遠山同學。我會實現給你看的。」

一石抬起他粗獷的臉回應我。眉梢充滿鬥志地往上揚著。

看到那對獲得挑戰夢想的機會而燃燒的眼神……

（……）

我莫名有種羨慕的感覺。

同時對於總是隨波逐流、沒有人生夢想的自己——

微微感到焦慮起來了。

5彈　神崎家的狀況

亞莉亞的母親——神崎香苗小姐正式恢復自由之身後，似乎比想像中過得還要悠然自得的樣子。看來她原本身為福爾摩斯家的一員，只是被關著幾年根本不以為意的樣子。

隔天傍晚，我接到亞莉亞一封『我要跟媽媽一起準備晚餐，你也過來幫忙。』的郵件，便匆匆忙忙騎上腳踏車趕往女生宿舍了。

這完全不是因為我那麼想要幫忙做菜，或是因為我害怕亞莉亞生氣，而是從郵件內容可以看出『亞莉亞也要下廚』這件事的緣故。

（這樣下去香苗小姐會有生命危險的！而且女生宿舍也會陷入大慌亂啊……！）

亞莉亞可是曾經有過在我房間忽然心血來潮說什麼要『做蛋糕』，結果引發粉塵爆炸，然後把瓦斯爐炸掉的前科。

因為那場事件而在腦中留下『亞莉亞＋下廚＝爆破』這種固定觀念的我，不禁萬分擔心難得被釋放的香苗小姐，會不會跟著女生宿舍的ＶＩＰ房一起被炸掉。

另外，亞莉亞雖然去年有一段時間進步到至少會做蛋包飯的程度……但後來似乎忘記做法，到現在又變回一個人連荷包蛋都不會煎的貴族亞莉亞了。

在夕陽下慌張得又是在羅森超商的轉角摔車，又是下車後撞到郵筒的我……氣喘吁吁地趕到亞莉亞的房間。

結果──

「辛苦囉，金次同學，歡迎你來。」

穿著室內拖鞋『啪啪啪』地走來開門迎接我的，是香苗小姐。

黃昏時刻進到家，有個套著圍裙的漂亮成熟女性出面迎接。

這樣的情境讓我莫名有種懷念的感覺，頓時忘了心中的焦急──

「啊、我回來……」

差點脫口說出『我回來了』這種話，當場臉紅地閉上嘴巴。

看到那樣的我，輕輕把手放到嘴邊，似乎笑了一下的香苗小姐……

以日本人來說偏褐色而有點明亮、蓬鬆帶有捲度的長髮被髮夾固定著。大概是為了方便做菜，才稍微夾到後面的吧。

黃昏的陽光照進寬敞的玄關，讓她的秀髮反射出宛如天使光環的一圈光澤。

從窗戶吹進來的溫和春風，讓梔子花般帶點甘甜的香氣飄進我的鼻腔。

「……嗚……打擾了。」

因為成熟甘甜的香氣慌張起來的我，趕緊低下頭、別開視線。

香苗小姐——給人的印象就像女神一樣。

一方面也因為她的身高有一百六十五公分左右的關係，以女性來說的完成度相當高。

而且不愧是亞莉亞的母親，即使沒化什麼妝也很漂亮。

「……」

我單腳跪下來脫鞋子，結果香苗小姐的……長度大約到小腿肚中間的寬鬆奶油色裙襬，剛好在我眼前搖晃。

雖然因為是長裙的緣故讓人看不到腿部曲線，不過從腰部高度來判斷，她的雙腿以日本人來說相當長。看來在這點上並沒有遺傳給短腿，或者說全身都很短的亞莉亞。

如此這般，正當我因為武偵的習慣觀察著香苗小姐的身體特徵——瞄到她的長腿時——香苗小姐忽然蹲了下來。

我想她大概是為了讓視線高度配合跪下身體的我，可是……

（……嗚……！）

冷不防地映入我眼簾的畫面，反而讓我的眼珠差點跳出眼眶。

我本來以為寬鬆的長裙應該很安全，而一時大意了。

……香苗小姐在蹲下時，很有氣質地把膝蓋併在一起。

然而她不但本來就有點X型腿，而且為了保持平衡，膝蓋以下的部分微微張開。

同時，長裙的前面則是被膝蓋撐高，讓裙襬的位置來到膝蓋下面一點點的地方。

因為這樣，雖然從香苗小姐本人的視線角度應該沒發現——

但她的小腿變成了以膝蓋為頂點、稍微被裙子從上蓋住的『A』字形拱門。而在那座肉體拱門的另一側——可以清楚看到裙子底下、白皙又帶有肉感的大腿啊！不，不只是這樣。在成熟的大腿與大腿之間、拱門深處的深處……！微微透出膚色的一塊薄布若隱若現……！

（……嗚……！）

我頓時被嚇得用力拉扯自己的鞋帶，害身體失去了平衡。

而武偵在習慣上會避免往後跌倒撞到後腦杓，因此我撐住雙腳，往前踏出——

「……！」

「唉呦，你怎麼了？」

結果香苗小姐為了接住我，面帶笑容伸出雙手——

——「噗！」地把我抱住。

「……嗚……！」

我不用照鏡子就可以知道……自己現在演出了不輸給亞莉亞的急速紅臉術。

好、好柔軟。

不只是胸部而已，抱住我的手臂，以及我因為把手往前撐而讓手指陷入肉中明顯感受到彈力的大腿，還有——在我耳邊吐出氣息的香氣……

更重要的是，氣氛。一切的一切都好柔軟……從接觸的瞬間就能感受到，將我這個平常總是帶刺而堅硬的存在輕柔包覆了起來。

（……母親……）

我的本能……

讓我腦中閃過這個一點都不願想起的關鍵字。

我對自己的母親──幾乎沒有什麼記憶。

因此我從以前就對女性──尤其是年長的女性──都不知道該如何應對。

然後我也不清楚自己的神經配線和一般的男生究竟有何不同，總之對於年長的女性非常**弱**。特別是像香苗小姐這種充滿母性的類型。

就算要回想也因為記憶分量少到使我回想不起來的『母親』這樣的存在……

讓我頓時有種重獲新生般的感覺。

「──你的腳沒事吧？」

香苗小姐輕輕歪著頭，在兩人的臉幾乎快貼在一起的距離下擔心地如此問我──

「沒、沒事的。」

我感到焦急的同時不禁在想：有事的是妳的腳才對啦。

雖然香苗小姐感覺願意繼續抱著我的樣子，不過我則是自己往後退，離開那溫柔的身體。

接著……

「金次同學，我認為自己剛才**錯了**。還是金次同學比較正確。」

即使身上穿著把肌膚藏在底下的薄毛衣，壓倒性的豐滿胸型還是相當明顯的香苗小姐——把手放到那對胸部上。

這是像梅雅或麗莎等人也會做的行為。如果女性的胸圍尺寸到達哈密瓜、西瓜等級，『把手放到胸口上』的動作改用『把手放到胸部上』來形容反而會比較貼切。

「妳、妳說的是？」

雖然會感覺有點沒教養，但我決定把手撐在牆壁上，站著脫鞋子了。而在我眼前，香苗小姐若無其事地輕輕捏了一下她毛衣底下的什麼東西。大概是因為剛才的身體接觸讓她的內衣肩帶有點移位，所以她隔著衣服在調整的樣子。

「我剛才說『歡迎你來』的時候，覺得好像有點不對。然後聽到金次同學把『我回來了』說到一半，馬上感覺那樣才是對的。所以，或許這樣講有點奇怪，不過……」

香苗小姐露出宛如少女般天真無邪的笑臉……

「歡迎回來。」

對我如此說道。

那是……我在無意間認為如果對方是母親應該就會這麼說的臺詞。

「我……我回來了。」

於是我也重新這麼說道。畢竟聽到那句話，也只能這麼回應了嘛。

在那樣一場讓人害臊的對話之後，我們進到亞莉亞房間的客廳——

（這……這怎麼可能……！）

過於驚訝的我忍不住停下腳步，像個可疑人士一樣東張西望起來。

因為在還是老樣子很寬敞的亞莉亞房間中，出現了許多讓人難以置信的東西。

首先是購物用的環保購物籃。那位以『吃飯就是應該外食或叫外送』著稱的真實外國貴族亞莉亞大小姐，竟然會有自備的環保購物籃。

而且不知不覺出現在陽臺的盆栽中，居然是種植了食用香草的……家庭菜園……

那個連仙人掌和永生花都能種到枯掉的亞莉亞嗎……

另外再仔細觀察就能陸續發現，亞莉亞的房間中居然有燙衣板、滾筒式洗衣機和縫紉機等等東西。這怎麼可能！是什麼時候出現的！把亞莉亞和家事混在一起是很危險的。她可是曾經有過燙衣服引發小火災、用洗衣機讓家中變成泡泡浴、縫衣服把我的外套和她自己的水手服縫在一起，穿起來變成像在拔河等等的歷史啊。全部都發生在我的房間。

「……亞莉亞，這究竟是……嗚喔喔喔！」

在廚房看到亞莉亞拿著菜刀的我，露出這一年來可列入前幾名的著急表情往後退下。

「金次，你臉色發青喔？可是又流那麼多汗，到底是覺得冷還是覺得熱呀？」

就在我看著套圍裙的亞莉亞皺起眉頭，並擦拭身上的冷汗時……

「做菜靠的是熟能生巧喔，亞莉亞。」

「是，媽媽。」

拿著湯勺與小碟子試吃奶油燉菜的香苗小姐與亞莉亞開心地如此交談，同時還一邊在做菜。

（……原、原來如此……！）

這恐怕就是以前在麗莎與梅露愛特之間也看過的女子力繼承系統。

以男性來說，就跟父親教兒子傳接球、哥哥教弟弟打架技巧來提升對方男子力是同樣的行為。亞莉亞雖然對白雪或麗莎只會依賴而已，但如果是面對香苗小姐原來也是會學做家事啊。簡直讓人難以置信，然而這就是現實。

……被嚇到雙腳發軟的我，搖搖晃晃地撤退到皮革沙發上。

胡蘿蔔呦♪馬鈴薯呦♪哼哼哼♪香苗小姐的歌聲&哼唱，使我有種彷彿來到異世界的感覺。

進入亞莉亞的房間都已經過了五分鐘居然還沒聽到一聲槍響，反而讓人感到不安起來。狀況異常到我的肚子都開始痛了。來吃個腸胃藥吧。

我就像躲在壕溝一樣隔著沙發與中島吧檯窺視廚房的狀況，發現香苗小姐真不愧是個媽媽。做菜技巧好到即使有亞莉亞這個超級礙事鬼也足以匹敵白雪和麗莎，做任何事都看起來游刃有餘。

那樣的香苗小姐唯一遇上的強敵……

「呃，要怎麼樣才能用烤箱功能呢……」

就是她把手指放在嘴上看著的那臺微波爐。

她似乎對機械類不太擅長的樣子。

當然，亞莉亞從來只有按過自動加熱按鈕而已，所以只能像個幼兒一樣抬頭望著媽媽，什麼忙都幫不上。

於是我只好走進廚房——畢竟這類功能的使用方式通常都會用符號標示在微波爐表面——『嗶、嗶』地幫忙切換成烤箱模式。搞什麼，很簡單嘛。

結果香苗小姐驚訝得把手放到嘴邊……

「唉呦，金次同學光用看的就知道了？」

「呃……是，從這裡的圖案多少可以看出來。請問要設定成幾度？」

「可以設定成兩百四十度嗎？」

「好的……這樣就行了。要關掉的時候，按這個『取消』鈕應該就可以了。」

「謝謝你。真是幫上大忙了。」

身高只比我矮五公分的香苗小姐——探頭看向微波爐裡面的焗烤，結果把臉貼近過來。

被女性忽然靠近的我嚇得把視線移開，沒想到從彎下腰的香苗小姐圍裙底下那件薄毛衣的領口縫隙看到了她白皙的乳溝。

（嗚……！）

我趕緊又把臉別向另一邊，結果這次換成和亞莉亞四目相交，當場緊張得把手伸向腰上的貝瑞塔。可是——

明明只要我瞄到白雪或理子的胸部時，就會敏銳察覺並大叫『你在看什麼啦笨蛋金次！』的亞莉亞……現在卻「？」地露出像傻小孩一樣的表情呆在那邊。

看來她壓根沒有想過，我會因為把她母親當成一名女性看待而感到緊張的樣子。

因此她的眼睛並沒有發出雷射。雖然我不禁有種類似罪惡感的感覺，但總之是撿回一命啦。

「呵呵，真不愧是男孩子，阿姨我得救了呢。」

有點像是呼應我腦中臺詞並露出微笑的香苗小姐，從表情上看來也沒發現自己被我用那樣的眼光看待的樣子。畢竟年齡相差太多了嘛。

「我已經不是叫『男孩子』的年紀了。而且妳也不像是『阿姨』啊。」

我勉強保持冷靜，對實際上看起來就像姊姊的香苗小姐如此說道後——

「唉呦，可以被一個男孩子……不對，被一個成熟的男性這樣稱讚，我好高興喔。」

香苗小姐把手放到臉上遮住微微泛紅的臉頰，開玩笑似地性感扭動身體。

……在這點上她也和與我同年代的女生們不一樣，表現得有大人從容的感覺。

後來端上桌的奶油燉菜、蝦仁焗烤與法式香草鹹派——

即使是身為男生的我，也看得出來使用的材料相當好，也有顧慮到營養均衡。

與幫我們切開法式鹹派、餐桌禮儀堪稱滿分的香苗小姐對照之下——

「然後呀，金次他又是只拿一把手槍就闖進核子潛艇，又是在裝了炸彈的新幹線上大演槍戰呢。啊，還有在黑道的老巢呀……」

亞莉亞在餐桌話題的選擇上一點都沒有禮貌。明明在享用這麼美味的餐點，拜託妳不要一直挖我的心靈創傷行不行？

話說回來，香苗小姐也真不愧是亞莉亞的媽媽。

即使亞莉亞一下說我在相模灣上空把隱形轟炸機炸毀，一下又說到我在天空樹上把吸血鬼希爾達射出的子彈抓起來丟回去，時間順序亂扯一通地描述我那些英勇事蹟，香苗小姐也只是「唉呦，這樣呀。」地笑著聆聽。

（說她個性斯文穩重也沒錯啦……）

明明在看守所會面的時候，她偶爾會表現得很凜然的說。

不過在家庭中倒是很悠哉的樣子。

亞莉亞又是「媽媽我跟妳說」又是「媽媽然後呀」地，用撒嬌的聲音說著累積已久的話，而香苗小姐也一臉幸福地聽著，表現出願意接受對方所有感情的態度。

為了不要打擾她們母女團聚，我則是始終默默看著那兩人。

結果這樣仔細觀察我才發現，這對乍看之下長得不太像的母女……其實白皙的肌膚、纖長的睫毛、鼻子與嘴巴的形狀等等地方非常相似。遺傳果然還是會有影響啊。

注意到她們連耳朵形狀也很像而感到有趣的我不禁苦笑一下後——

「金次同學，怎麼了嗎？」

被我盯著瞧的香苗小姐用手整理一下頭髮，並尷尬地回了我一個苦笑。

「啊，呃，不好意思！我只是看著香苗小姐和亞莉亞，覺得親子之間果然長得很像而已……」

聽到我老實這樣回答……

「好高興喔，畢竟別人都不太會這樣說我們。那金次同學呢？是像爸爸？還是像媽媽？」

香苗小姐接著這麼問道。

「……聽我爺爺說，好像是剛好一半一半的樣子。不過我不太記得我母親的長相……」

對於她這個問題，我也忍不住老實回答。

結果她忽然把手放在嘴邊……

「……對不起。我也真是的，居然不小心問了讓你不舒服的問題……」

看起來非常慌張著急地對我道歉起來。

麗莎以前也有過類似的表現，不過其實爸媽的事情對我來說都已經過去了。

「啊、不，請不用在意。」

話雖如此，但關於我家人的話題——兄、弟、姊、妹，無論提到哪個都會變得很複雜。畢竟光是國籍上就有日本、埃及和美國三種，姊姊也不知道該說是只有一位還是有兩位。

因此我決定保持沉默，稍微讓氣氛上不會發展為家族話題。

但這卻是我的判斷錯誤。

香苗小姐那對宛如黑瑪瑙般烏黑的雙眼頓時有點哀傷地溼潤起來，流露出某種『一方面也為了補償自己造成的傷害，我必須扮演這孩子的媽媽才行』之類的使命感……總覺得有種不好的預感啊。

這樣和平的晚餐時間過後……

「亞莉亞，妳去洗澡吧。」

「是，媽媽。」

因為聽到這樣一段危險的對話……

「啊，那我要回去了。」

本來覺得很久沒看綜藝節目而打算開電視的我，立刻準備從沙發上起身。

結果香苗小姐卻露出「咦？」的表情……

「你可以留下來過夜喔？我本來就以為要那樣的說……」

像喜歡照顧別人卻被中斷的人一樣，表現出失望的樣子。

而我瞥眼看到亞莉亞明明有聽見這段對話卻若無其事走向浴室……

「妳說過夜……呃，這個嘛……」

無論從亞莉亞還是從香苗小姐身上都強烈感受到爆發性危機的我，正絞盡沒用的

腦汁思考該怎麼拒絕時──

「呵呵！」

香苗小姐將微微握起來的手放到嘴前，很有氣質地笑了一下。

「……請問妳在笑什麼？」

「金次同學真是可愛呢。只要遇上出乎預料的事情，就會露出很可愛的表情。」

「呃，是那樣嗎？」

「嗯，像現在也是。」

身穿薄毛衣配長裙的香苗小姐說著那種話……同時坐到沙發上。

亞莉亞房間的沙發是彈簧較軟的類型，因此只要坐到上面就會形成相當陡的斜面。如果是兩人並肩坐下，彼此造成的斜面就會互相把對方拉近──很自然地讓屁股與屁股、肩膀與肩膀貼在一起。

從浴室傳來亞莉亞開始淋浴的聲音。

現在客廳中只有我和香苗小姐兩人獨處。

「『可愛』這種話，我從來沒有被人說過啊。」

我說著這句話掩飾，並且在不至於失禮的程度下試著傾斜身體避開對方。

「或許男孩子是那樣吧，不過真的很可愛喔。」

又把我當『男孩子』了。我不禁露出有點鬧彆扭的表情，結果香苗小姐立刻「啊！」地想起那是ＮＧ詞彙……然後嘻嘻笑了起來。還真開心啊。

「對不起喔，阿姨我記性不好。」

那樣的自稱也讓我覺得有點怪，於是我拿來當話題並繼續努力嘗試避開身體。

「我、我剛才也說過，香苗小姐感覺不像是『阿姨』啦。」

「唉呦，既然不是阿姨，那又是什麼呢？」

總覺得香苗小姐……好像在誘導性詢問的樣子。

「……我覺得、是像母親一樣……」

雖然我其實覺得她像亞莉亞的姊姊，但那樣講感覺又像在阿諛，會讓我很尷尬。

因此我只能這樣回答了。

而香苗小姐似乎也是期待我那樣回答……

「……那你就把我當成母親沒關係喔。」

她說著，輕輕把我的身體抱了過去。

動作非常溫柔，彷彿要把我全身包覆起來。

看來她是打算藉由這樣對自己剛才提到我雙親的事情賠罪的樣子。

想要用這種方式安慰沒有母親的記憶而讓人感到可憐的我。

到這邊都還好。雖然我本身並沒有感到受傷，不過客觀來看或許也有受人安慰的理由。因此這件事可以就此當成一段美談便了事。

（我也想就此了事，可是……！）

……這犯規的成熟肉體就是會破壞這美麗的狀況啊……！

因為是香苗小姐把我抱過去的關係，她的巨乳現在就在我的眼前。從毛衣縫隙也可以看到她白瓷般的肌膚。我剛才為了避開身體費盡的努力，這下都付諸流水啦。

更重要的是，沙發強迫彼此的屁股貼在一起而讓我感受到對方偏大的下圍柔軟的程度。成熟女人原來是……這麼柔軟啊。雖然白雪或麗莎也是屬於柔軟系的，但這柔軟的程度和跟我同年代的女生們是完全不同的次元。

（……嗚……！）

大概是想對我溫柔的香苗小姐，把我的頭抱到她的胸口——

我停止呼吸到了極限，最後還是忍不住，反而吸入了更多甘甜的香氣。

嗚……這種成人女性特有的香味……！再加上跟亞莉亞一樣像梔子花的酸甜香氣，這該不會就是女人香的終極型態吧？

這是……『貨真價實』的女人。是女性最顛峰的年華，以生物來講，以動物來講，會讓人感受到女人的費洛蒙。是女性對生產不會提心吊膽，反而會努力生孩子的時期所散發出來的——妖豔魅力……！

（不妙，我的血流——……！）

相對地，爆發模式本來是為了繁衍子孫而存在的東西。面對香苗小姐這樣徹底成熟的女性，我的男性中樞毫無疑問地做出反應了。

到剛才還因為對方是亞莉亞的——是自己搭檔的母親，這樣不合倫理的狀況形成防坡堤，但現在血流已經滾滾湧進我身體的中心、中央。

不不不，不可以讓它湧進來啦！

就算對方是個美女，看起來很年輕，但可是同班同學的媽媽啊！

呃，雖然像電視劇中是會有這樣的情境啦！雖然謠傳下一季會加入軟銀鷹隊的那位偉大長打者——羅柏托·佩塔吉尼選手的太太就是他同學的媽媽啦！等等！為什麼我的腦袋要調出這種資料啊！

「……呃、那個！我還是——」

回去好了！我為了接著這麼說而把身體離開香苗小姐，可是……

「金次同學？你怎麼了？流那麼多汗……」

香苗小姐依舊沒有想到自己女兒的同班同學竟然會把自己當成女人看待，一如剛才的宣言，把我當成自己的孩子般溫柔對待。

延續剛剛亞莉亞做家事的情景，我的額頭這次又因為別的理由開始盜汗——

結果香苗小姐從桌上抽出衛生紙，輕拍我的額頭幫我擦拭。

隨著那樣的動作……從內側把毛衣高高撐出來的巨大胸部也跟著震動。可謂是『爆乳』的那對雙峰從身體的左右兩側往外畫出弧線，頻繁地與手臂相撞又動得更加激烈。

「呃、那個、我……已經……！」

——要回去了！

我的話才說到一半——就因為在沙發上往後退太多，當場跌落到地板上。

雖然是屁股著地，不過下面有鋪一塊絨毛地毯，因此感覺就像摔在棉被上一樣柔軟。

但問題是香苗小姐——

「啊……呀！」

幫我擦拭額頭的手撲了個空，害她身體往前傾倒。

沒辦法避開的我，只能接住她的身體……

把自己的身體當成緩衝墊，被壓在下面了。

「……嗚……！」

「啊嗯……！」

被香苗小姐全身壓住，或者說包覆住的感覺——又香又柔軟到幾乎讓人會昏過去的程度。

結果沒想到，我居然真的一瞬間失去了意識。

在戰鬥中即使被砲彈削過一旁也不會昏倒的我，只因為和成熟女性肢體接觸就落得這種下場了。

「……金次同學？金次同學！」

話雖如此，不過我短短幾秒便又恢復意識，看到香苗小姐驚慌失措的表情。

「啊……不、不好意思！請問妳沒受傷吧？」

「嗯，多虧金次同學保護……金次同學也沒事，真是太好了……」

只不過是這點小事就變得有點淚眼汪汪的香苗小姐——

明明平常又凜然又性感的說，但其實也有這樣像少女的一面。

從剛才跌下來的動作也可以看得出來，她的運動神經不太好。另外察覺不出我為什麼會慌張的這一點，也代表這個人有點笨拙吧。

然而……香苗小姐還是盡自己的努力想要扮演我的母親。

這件事我可以感受得到。

還有——剛才昏了一下其實也是好事。因為多虧如此，讓我的血流退了下去。爆發性的血流感覺已經激動完一輪鎮靜下來，變得比較接近賢者爆發了。

「唉，媽媽也真是的。」

不知不覺間，洗完澡的亞莉亞包著浴巾，握著一瓶牛奶出現在客廳——似乎有看到剛剛這一連串的事情，而嘻嘻笑著。

還好……她並沒有發現我血流狀況的樣子。要是被抓包，現在應該已經開始一場開洞龍捲地獄了。

老實講，我就算沒被她開槍也打從心底想對亞莉亞磕頭賠罪，但那樣做她也應該搞不懂我為什麼要道歉吧……今晚我到底該怎麼辦才好啊……！

去年我就想說可能會遇上這種狀況而寄放在風魔那邊的過夜袋——也就是裝有換穿衣物的超市塑膠袋——在我的祕密聯絡下送來後，最低限度的過夜準備便完成了。

（就算今晚要睡沙發，剛才流過兩次大汗的身體不稍微洗一下也會睡得不舒服吧。）

於是我憋氣進入亞莉亞剛用完的浴室……看到那寬敞的程度，忍不住自言自語了一句「哼！這個有錢人！」，結果吸到一股像梔子花的氣味，當場被嗆到了。

神崎家的規矩是歐美風格，不太在意男女洗澡的順序，似乎是沒事的人就先洗的樣子。因此我才會接在亞莉亞之後進來洗澡，不過——要是接在香苗小姐之後，恐怕即使她本人不在場，我也會光靠氣味就爆發了吧。

這裡本來是只有女生會用的浴室，在某種意義上算是女性澡堂。因此不管有沒有氣味問題都不想在這種魔窟久留的我，只好使出久違的高速洗體術，匆匆洗完便匆匆離開。

接著輪到香苗小姐入浴時——

為了不要去想像光是湧上腦海就可能讓我爆發的畫面，我決定嘗試用打電動來逃避現實。反正這房間有理子連同 Wii 主機一起留下來的瑪利歐賽車嘛。

從冰箱拿了一小瓶沛綠雅碳酸水，換上睡衣的我……拿著遊戲手把，走去邀請穿著連身睡衣在看ＢＢＣ新聞的亞莉亞。

雖然在看嚴肅新聞的她似乎沒有心情打什麼電動的樣子，不過……

「喂，亞莉亞，來玩瑪賽吧。」

「為什麼啦？」

「妳怕輸嗎？」

「什麼？」

光這樣她就願意拿起手把了，真是輕鬆。

就這樣，找到比賽對手的我開始玩起賽車遊戲，可是……

（年長女性對爆發模式真的是劇毒啊……話說，我以前應該沒有在意一個女人到這種程度過吧……）

浴室傳來的水聲讓我遲遲無法專心遊戲。

亞莉亞是比起挑戰時間完成更優先攻擊我車子的類型，讓我也火大起來用紅龜殼和刺龜殼展開反擊。就在遊戲漸漸變得不像在賽車的時候……

「不可以熬夜喔？兩位，該睡覺覺囉？」

我聽到香苗小姐的聲音而轉過頭去，差點把剛好喝進嘴巴的沛綠雅噴出來——趕緊忍住並吞進喉嚨，結果卻讓氣管和喉頭飽受碳酸刺激，還是被嗆到了。

因為香苗小姐那豐腴性感的身上——

竟然穿著和亞莉亞一樣的連身性感睡衣！

「……嗚……！」

二十分鐘前明明有預測到危機卻沒有做好對策，反而選擇逃避現實的自己實在太可恨啦。

（本來還做好心理準備可能只包一條浴巾的說，沒想到竟然是來這招……！）

亞莉亞穿性感睡衣的樣子我早已看慣，可以在腦內轉換為「就好像小孩子在穿連

身短裙一樣」。

——但就是因為這樣，讓我太大意了。

香苗小姐身上那件像超迷你連身裙的白色性感睡衣，是即使沒有超能力也能透視內部的化學纖維製品。

把那對連乳牛都甘拜下風的雄偉雙峰只遮住下半部的半罩杯內衣，以及感覺微微透出膚色的蕾絲內褲——全都若隱若現啊……！

看到我慌張得全身僵硬起來，香苗小姐卻露出一臉不知道哪裡有問題的表情。

「……」

不不不，不是「……」啦香苗小姐！

香苗小姐也許沒有那種意思，但那件睡衣的透明感、還有那套內衣褲的形狀，絕對是為了引誘男性的產品啊……！

大概是從態度上聽出了我的心聲……

「唉呦我也真是的，居然這麼不小心……」

香苗小姐微微遮住她那依然年輕緊實的白皙大腿——把身體轉了過去。但也因為這樣讓我看到像倒立愛心形狀的臀部曲線，對血流不太好就是了……

「就因為在女兒房間，我有點太放鬆了。讓你看到這樣丟臉的打扮……真是對不起喔。」

她接著慌慌張張地拿起遙控器——

把客廳燈光從白晝光切換成橘色的燈泡光，讓光線變得昏暗帶有溫暖的感覺。

雖、雖然多虧如此讓她的衣服沒那麼透光了，但我依然看得到那從胸部、腰部到臀部的成熟身體曲線啦！

……我最不幸的地方，就是只要我、女性和床鋪這三項條件湊在一起，就幾乎可以肯定會演變成必須一起睡覺的狀況。

唉，像這樣抱怨也無濟於事。

亞莉亞的房間明明是單人房卻有兩層樓，十樓是平常生活的空間，而十一樓的閣樓部分則是臥室。

因為看到香苗小姐與亞莉亞一起走上樓去，我便說了一句「祝妳們幸福！」這樣有點莫名其妙的話目送她們離開，然後在沙發上鬆了一口氣的時候……

「金次，你也來聽媽媽講故事吧。聽完可以幸福百倍，睡得很舒服喔。」

亞莉亞大人忽然從樓梯上如此提議。

那種事情，拜託妳們母女自己去幸福百倍啦……！

我已經為了血流問題煩惱百倍了說！

「呃、不……那個……嗯？我膝蓋內側好像隱隱作痛喔？這下我應該沒辦法上樓梯了。

唉呀真是可惜，看來我只能睡這張沙發啦。」

「我說，你是不是討厭我媽媽？從剛才態度就很奇怪喔。」

……不妙……！這是Government出沒警報啊……

於是我只好用顫抖的聲音回應「我、我膝蓋治好了」——然後抱著上死刑臺般的心情，踏上通往臥室的樓梯。

話說，明明才剛過九點而已，就已經要睡覺啦？

雖然沒星伽家那麼誇張，但看來神崎家也很早睡的樣子。

似乎是把地毯改裝成木頭地板的十一樓，走在上面會微微作響。

我實在搞不懂為什麼一間臥室要做得這麼大。除了深處有一張足足可以睡下五個人的超大床鋪以外，其他部分根本就是浪費空間嘛。

這和三坪臥室睡四人的男生宿舍簡直是天壤之別。人啊，站著半張榻榻米，躺下也不過一張榻榻米，要過活其實根本就不需要那麼多空間吧？

正當我在心中碎碎念的時候，大概是香苗小姐按下床邊按鈕關掉了臥室燈光，害我嚇了一跳——

等我走到神崎母女躺的那張床邊……

發現剛才明明那樣威脅我的亞莉亞，竟然在香苗小姐旁邊像個嬰兒般縮起手腳，已經「呼……呼……」地睡著了。

……看來她……

因為見到自己一直想見的媽媽，而且還一起睡覺的緣故……

徹底安心下來了。

「金次同學。」

在微微發出橘光的夜燈照耀下，仰天躺下的香苗小姐對那樣的亞莉亞微微露出苦笑——並把視線望向我。

然後將食指放到嘴邊，暗示我『這孩子剛睡著，安靜一點喔』。

接著……

彷彿在告訴我該睡哪裡似的，輕輕拍一拍她自己右側的床鋪。

也就是以亞莉亞．香苗小姐．我的順序躺成一個「川」字。

在、在那麼近的距離下，我沒辦法睡覺啦！

（到底是為什麼……事情會變成這樣……！）

從香苗小姐那拍拍床鋪、一副我睡在這裡也理所當然的態度可以知道……

就像她自己剛才那個『我會把金次同學也當成我家孩子』宣言一樣，似乎把我當成比實際年齡還要小的小孩子看待了。

大概是因為亞莉亞的個性像個小孩子，所以香苗小姐把那個亞莉亞的同學也當成小孩子了吧。

然後覺得自己不可以讓那樣的小孩子睡在沙發上。

「……嗚……！」

我低頭看著神崎母女躺的床鋪……

……喉嚨「咕嚕」地響了一聲。

對於患有『爆發模式』這項宿疾的我來說，女性的香氣比火藥的味道還要危險。

眼前這張床，就好像裝滿女性氣味的蜜壺。

而且還有兩名女性本體躺在上面……

嗅覺敏銳的我光是站在床邊就能知道，這是十年難得一聞的超香氣味。品質甚至超越號稱過去十年最高的貞德那張床鋪。

亞莉亞的酸甜氣味與香苗小姐的性感氣味融合在一起，酸味與甜味的比例恰到好處，充滿果實般的芳香。是近年來難得的高品質床鋪。

（——喂！現在是像品酒師一樣發表感想的時候嗎！）

我接下來可是要躺到這張床上啊！

話說，強迫我來到這間臥室的人可是亞莉亞，而她本人那時說要聽故事也不知道究竟有沒有聽就已經睡著了。

那我就算下樓睡覺應該也不會被開槍，但那樣大概也只是讓開槍處刑延期到明天早上而已。

換言之——現在是進也地獄，退也地獄。

既然進退都一樣，為了不要傷害到香苗小姐的親切心，我還是前進吧。反正坂本龍馬也說過：即便是死也要往前倒下再死啊。

就在我做好覺悟的時候……

「過來吧。」

香苗小姐小聲說著，並對我輕輕招手，於是我只好爬上床鋪……嗚！這女人空間果然很強。比極東戰役中被關在眷屬據點時的客場感還要強烈啊。

而且還是女二對男一，在數量上也很不利——

這樣劣勢的感覺讓我總算沒有爆發，好不容易才躺到床上了。

我為了不要對香苗小姐造成失禮而仰躺著，為了不要讓氣味進入鼻腔而改用嘴巴呼吸，然後閉上眼睛後藉由在腦中讓質數像電影『駭客任務』的片頭影像一樣『嘩——！』地滾滾流下來逃避現實。好，這下嗅覺和視覺上都做好萬全的防禦工作了。

「……金次同學，你這樣肚子會著涼喔……」

還有聽覺啊……！

香苗小姐甜美的聲音在我耳邊呢喃——讓我忍不住張開眼睛，看到她為了幫我蓋被子而把上半身探到我身體上方，推測有99cm的上、上上、上圍在我眼前、晃呀晃……感覺就快擦碰到我的鼻子！

「我、我、我——！」

我很想說出「我沒關係！」這句話，但為了出聲就必須要吸氣，結果甜得像牛奶一樣，或者說那本來就是出奶部位所以理所當然的——任誰都會忍不住想依靠的母性芳香，就這樣灌進我的鼻腔。而且因為我太過慌張，甚至還一口氣吸到肺腑深處。

「……嗚…………！」

就這樣，嗅覺與視覺的堡壘輕易就被攻陷了。我的防禦力也太弱了吧！

但抱著被攻進來就要反攻回去的精神，我再度閉上眼睛、停止呼吸。

然後拚命想要把沾滿亞莉亞那梔子花香氣的被子掀開。畢竟要說到我對什麼氣味最弱，就是亞莉亞的氣味。要是讓我聞到那氣味，我絕對會爆發的——！

可是我現在為了不要看到香苗小姐的胸部而緊閉著眼睛，因此考慮到撲空的可能性，我決定為了提升命中率而同時用左右雙手把被子掀開。

但我的手……

一方面也因為香苗小姐稍微把身體縮回去的緣故，撲空了。很不幸地，左右兩手都是。

「——！」

結果我的手——勾到了香苗小姐那件睡衣——高伸縮性的白色薄睡衣的胸口。

然後像是要把它硬脫下來似地用力一扯。右手也是，左手也是。

寬鬆的橡皮肩帶就這樣輕易滑到左右兩邊……

如砲彈般的巨乳上半部——即使只有一半也充滿魄力——便當場露了出來。

右邊也是，左邊也是。

「……嗚……嗚……！」

我打開眼睛，就看到把上半身蓋在我上方的香苗小姐——身上的睡衣彷彿從下方被扯掉一樣。

如此緊急的異常狀況，害我頓時說不出話來。

而這段沉默是最致命的失敗。香苗小姐發現自己的睡衣（看起來像是）被我默默脫下來……

「……咦……！」

面對這對我而言萬萬沒想到、對香苗小姐而言也在不同的意義上萬萬沒想到的展開，香苗小姐驚訝得睜大那對睫毛纖長的雙眼……

「不……不可以呀，金次同學！不可以……！」

然後她趕緊用一隻手臂壓住被脫到一半的睡衣胸口。

同時為了讓我冷靜，而握著我的手制止我。

隨後坐起上半身，背對我……把差點被脫掉的睡衣上半身重新穿好，並輕輕整理那頭微捲的褐色長髮。

最後用手臂遮著胸口……

面露苦笑地轉回頭。

「真、真是的，嚇了我一跳呢。你對我這種阿姨居然還會……年輕男孩子真是有精神。」

「呃、不……！」

不是那樣的！

雖然我想這麼說，卻又覺得徹底否認好像對香苗小姐很失禮——只能臉紅地欲言又止。

可是這樣結巴的態度……

好像又讓香苗小姐產生了更深的誤會，對我露出『遭到拒絕的少年一定讓純潔的心靈受傷了，我必須安慰他才行！』的笑臉。

「不過多虧如此……讓我知道了我其實還可以再期待一次春天吧……好像稍微找回一點自信了。謝謝你喔，金次同學。」

雖然帶著開玩笑的語氣，不過香苗小姐說出了『我很高興喔』的發言。

這、這是怎麼回事？被一個少年在床上差點脫掉衣服，為什麼她要高興？

女性這種存在——實在是難解的問題、永遠神祕的謎團啊。不管到了幾歲。

胡思亂想難以入眠的一晚過去，到了隔天早上七點，我一邊刷牙一邊看著鏡子中的黑眼圈，覺得自己像隻貓熊一樣。

「便當帶了嗎？手帕帶了嗎？有沒有忘記什麼東西？」

「都帶了，沒有忘記啦。」

這時從玄關傳來比我早起床的香苗小姐&亞莉亞這樣一段對話。

這麼說來，昨天在玩瑪利歐賽車的時候好像有聽亞莉亞說，她今天要跟間宮明里她們一群女生去郊遊的樣子。不過地點是在台場，其實也沒多遠就是了。

（……等等，她已經要出門了嗎！把我和香苗小姐丟在家裡？）

我趕緊從漱洗間來到走廊，看向玄關入口，發現亞莉亞穿著一件紅色格紋的肩帶連身裙，背著一個背包，感覺已經做好出門準備了。

「媽媽也真是的，別那麼擔心啦！要是命令學妹『嚴格遵守時間』的我反而自己遲到，很丟臉的！」

「來，亞莉亞，蝴蝶結歪掉囉。人生要慢慢走。」

不耐煩的亞莉亞與悠悠哉哉的香苗小姐變得有點互相推擠，結果——

——唰！碰！

「咪呀！」

「跑太急的小孩可是會跌倒的喔。」

……！

好、好強。

我看到了難以置信的一幕。

香苗小姐剛才輕輕抓住亞莉亞的手腕，有點像合氣道的四方摔一樣……當場把亞莉亞摔到地上了。

因為用背部著地的亞莉亞裙襬當場被掀起來的關係，我趕緊把視線別開，不過……我猜剛才那招應該是巴流術。雖然亞莉亞也會使用巴流術，但看來香苗小姐是個能夠輕易把亞莉亞扳倒的高手。

太強了，沒想到有辦法阻止狂暴亞莉亞的人物就在這種地方。

亞莉亞像隻頰袋塞滿飼料的花栗鼠一樣頓時鼓起腮幫子……

「亞莉亞，壞壞喔。」

結果香苗小姐用手指輕輕按著亞莉亞的額頭，語氣溫和地斥責她一下。

亞莉亞大概也知道自己敵不過媽媽，而不甘不願地乖乖聽話了。

總覺得她們之間的關係好像我和加奈啊。

亞莉亞接著重新振作起精神，說了一句「我出門了～！」便走出房間——

香苗小姐則是轉身看到被剛才那一幕嚇呆的我……

「唉呦唉呦，討厭啦。金次同學，你看到了？」

發現自己管教亞莉亞的畫面被人撞見，而臉紅苦笑起來。

把雙手貼在臉頰上，長裙底下的雙腳也縮在一起，表現出害臊的樣子。

那動作就像個很有教養的千金小姐一路保持不變地長大成人……萌得讓人不禁懷疑這麼可愛的人為什麼會生出那麼凶暴的小孩，思考起ＤＮＡ的神祕。呃，雖然現在不是去想那種事情的時候啦。

6彈　將玫瑰晶的誓約獻給那女孩

變得和香苗小姐兩人獨處的我戰戰兢兢地換好衣服，而香苗小姐也不知道為什麼看起來坐立不安——

不過就在這時，上天出手相救了。

香苗小姐忽然接到一通電話，說是她就讀女子大學時代的朋友們要為她舉辦一場慶祝會。

而我也收到理子寄來的一通簡訊。雖然內容又是文字畫又是表情符號又是女生用語，簡直像篇暗號文，但我姑且可以解讀出來是『到台場來吧』的意思。

換言之，因為我們兩人都有了預定行程……沒有演變成奇怪的狀況便很自然地一起離開房間，在女生宿舍前面很自然地道別了。呼……

話說，這偶然到有點不自然的拆散誘導，雖然只是猜想的程度，但我總覺得心中有個底。就是我上次在紐約穿著光曲折迷彩大衣不幸偷窺到女生們的換裝大會時，被洛嘉施的法術，好像叫『命運去勢刑』吧？也就是會奪走一次和女性親熱機會的詛咒，也許到如今才總算發動了。

老實講，這對我來說根本是一種幸運，我還巴不得洛嘉幫我多詛咒一點呢。理子寄的簡訊總是會有很多讓人搞不懂意思的雜訊，必須有技巧地將它們排除才能看懂。而這次的內容無論我怎麼解讀，都只能看出『到台場來吧』這樣的情報。

畢竟我個人也剛好有事情要到台場去，於是離開女生宿舍後便搭上單軌列車……來到台場車站沿著馬路走向 AQUA CiTY 深處，也就是往 Mediage 的方向。

這條路雖然是以前劫持公車事件時，我搭直升機通過上空而留下心靈恐懼的道路，不過最近隨著時間淡化，我也能很正常地在這裡走動了。

而就在途中，經過富士電視臺大樓前時——

「啊，遠山學長。」

我遇到了一名學妹——火野萊卡。

火野的身高以女生來講相當高，但這也是當然的。因為她是個金髮碧眼的日美混血兒。雖然她本人沒有公開明講，不過這傢伙的父親是叫『火野・伯特』的一名美國著名武偵——而這傢伙在強襲科一年級中也是個相當強悍的女人，很受蘭豹喜歡。

「呦，火野，我上次在紐約有見到火野・伯特喔。」

我拿出武偵手冊給火野看當時的簽名，結果她頓時瞪大眼睛……

「請問爸爸他過得好嗎？」

「你們沒見面？」

「……」

「他那時候蒙面所以我是看不出臉色如何啦，不過聲音聽起來很有精神的樣子。」

「這樣呀。」

短短的對話之後，我們就沒有話題可聊了。

畢竟大家都知道我討厭女性，而火野討厭男生也是很出名的。

……話說，原來火野跟她老爸不常見面啊。

雖然我有點想問問看有關火野·伯特的私生活，但總覺得隨便提那方面的事情會惹她不開心的樣子。

還是算了吧。

「……那就再見啦。」

而且火野本人是個身材像模特兒一樣苗條，胸部也不小的女人。即使個性冷淡，但考慮到爆發性的問題還是不要跟她走太近比較好。

於是我準備轉身離開的時候——

「啊，學長。」

「什麼事？」

「剛剛我在自由女神像附近有遇到峰學姊。她化妝得很漂亮，說是要跟遠山學長見面。」

「是喔。」

「什麼叫『是喔』……請問你們不是要約會嗎？」

「我只是被她叫出來而已。再說，我和理子不是那種關係，不要誤會。」

「是這樣呀。不過，還是請你打個電話給她吧。」

「好啦。」

電話？誰要打啦。化妝過的理子根本就是會走路的爆發性炸彈嘛。

誰要主動去見那麼可愛的女孩子，我反而還要把手機關掉哩。

不過火野，妳這情報非常好。理子就在自由女神像附近，也就是說我只要別到海濱公園那一帶，就能減少遇到她的可能性了。

我之所以會到台場來，一方面是剛好有別的事情要辦，一方面是萬一理子事後跟我抱怨「為什麼你沒來啦～噗噗吼～！」的時候，我可以根據事實辯解說「我有去過台場啊」這樣。

於是，我在台場的交叉路口——

從麥當勞和松本清藥店的轉角回頭，進入 Mediage 內。

正在舉辦新生入學大拍賣的館內呈現一片櫻花色彩，到處都為了祝賀新生活而精心裝飾。對於不是新生的我來說，多少有種自己格格不入的感覺。

顧客中多半也都是因為放春假而興高采烈的學生或家人團體。

搞不懂有什麼好開心的，嘰嘰喳喳吵得要命。

「……」

雙手插口袋的我穿過人潮間的縫隙，來到 Mediage 的樓層角落……一家看起來應該不太賺錢的印章店。

很好，這家店也有在做九五折拍賣。

可是在顧店的卻是一名戴眼鏡的可愛大姊。真討厭，為什麼不是平常那個老爺爺啦？

「呃……我想刻一個個人印章……」

只要遇到女性店員就會忍不住講話小聲的我——

其實在一年級的時候不小心把印鑑掉到地上，結果讓它缺了一角。我因為缺錢的關係，身分印章和銀行印章是兼用的，而當時打電話問銀行是說稍微缺一小角還是可以繼續使用，因此我一直都沒有換新的印章。可是上次卻聽白雪說，印鑑有缺損的話，金錢運會從那個缺口流失的樣子。

雖然我是個就算見過實際的妖魔鬼怪或UFO也堅決不相信那種神祕學的人，但同時也有金錢運確實很差的自覺。而這點或許就是因為那顆印章害的，所以我才會打算趁著這波打折潮，乾脆花點錢刻一枚新的印章。

瀏海剪成妹妹頭的大姊轉頭看向我……

「是！歡迎光臨！」

嗚哇，好有精神。而且普通可愛，讓人有親近感，是我不擅長應對的類型。

「最近印章的材料也有分很多種——木材有桑、白檀、黑檀、楓等等。動物的角或牙則是有水牛角、象牙，更厲害的還有猛獁象的牙喔！根據所使用的材料，價格上也會有差異……這位客人，在決定材料之前可以先請問您的預算有多少嗎？」

哦！一開始就來問這點啦。

老實講當然是越便宜越好，但上一個就因為是便宜貨才會摔出缺角的。

可是價格高的印章又會貴到很離譜的程度。因此……

「呃……別太貴，也別太便宜……另外有件事請妳別說出去……就是我好像有女難之相，希望在這點上可以有所改善……啊，還有金錢運也不是很好……」

我吞吞吐吐地說著，連自己都覺得內容抓不到重點。

不過這大姊卻頓時眼神發亮……

「我明白了。那麼請問礦物材料如何呢？以耐用性來說比較推薦鈦金，不過像青金石或琥珀等等的天然石材通常比較能提升運氣。至於在年輕客人中比較受歡迎的是——」

嘰哩呱啦地說了起來。

這人似乎很喜歡自己的工作。

另外，她講的內容有一半變得像算命師一樣。看來我說運氣怎樣怎樣的是自踩地雷的樣子。

「有些材質能夠刻的字體也會有限制。印相的吉凶雖然根據流派會有所不同——」

大姊開心地對我說明著字體或印相之類的東西，但對於非科學性的話題沒興趣的我實在提不起什麼勁聽她解釋。

於是我臉上假裝在聽可是全當耳邊風……漸漸變得無聊起來……

結果發現拿著印章樣品有點興奮地把上半身探出來的大姊，身上那件白襯衫……好像有點透色。

再加上因為大姊講得太忘我，沒注意到自己的領口，讓她粉紅色的內衣——

「請問客人喜歡粉紅色嗎？」

「咦！啊呃？」

以為本能上不小心看到的事情被抓包的我當場慌張起來，發出奇怪的聲音。大姊則是繼續說道：

「如果客人不介意，要不要參考看看對女難運勢很強的玫瑰晶呢？雖然人家說這材料很脆弱，不過近年來已經可以藉由一種特殊的油進行補強了。而且那種油還含有芳香性的——」

「啊啊好好好那就用那個……麻煩妳了！」

經過和香苗小姐之間的事情後，對年長女性變得莫名在意的我——

對樣品看也沒看一眼，下完訂單就趕緊起身離開了。

我在 AQUA CiTY 的美食街吃完炒麵回到印章店，刻有『遠山』的閃亮亮粉紅水晶印便完成了。

這是什麼玩意……女子力也太高了吧……分辨印章正反用的突起部分還是愛心形

狀的。

不過根據大姊的說法，這印章在結緣以及對於異性關聯的事情上驅除霉運的效果相當厲害的樣子。雖然『結緣』這功能我不想要，但既然是能破壞女難之相的道具就再好不過了。而且價格比預想中的便宜很多，試蓋出來的『遠山』字體我也很滿意。好，今後就把這當成我的身分印鑑・兼・銀行印章吧。

因為玫瑰晶本來是提供給女性客人的材料，結果我的新印鑑就被裝在一個同樣女子力很高的粉紅色小袋子中。

我把那東西隨便塞進口袋後，離開店家。

（接下來……既然是難得的休假，稍微閒逛一下也好吧。）

然而不論 Mediage 或 AQUA CiTY 到處都是看起來很愉快的人群，讓我覺得莫名沒有容身之處。

本來想說一個人去看看電影，可是上映中的片子又沒有吸引人的東西。

而且屋外是春風吹拂的大好晴天。

這種日子窩在室內也很浪費吧。

可是走出室外又有撞見理子的風險。於是我——在 AQUA CiTY 買了一個從剛才的印章聯想到可以拿來對付理子的道具。

那是一種和印章差不多大小、長得像試管一樣的小瓶子，裡面裝有彩色玻璃、星砂和沙金等等東西。

我不清楚正式的商品名稱是什麼，就取名叫閃閃棒吧。

有件事我從以前就知道，理子很喜歡像貴金屬或寶石等等會發亮的東西。大概就跟喜歡閃亮卡的小學生是同等級的心理，只要看到類似的發亮物體，管它是碎玻璃片還是魚鱗，她都會一瞬間被引開注意力。

因此萬一遇到理子出沒，我就找機會把這閃閃棒交給她。

反正明天……三月三十一日剛好是理子的生日，我只要說是生日禮物她應該就會輕易收下了。而且為了不要一下子就讓內容物曝光，還有用同樣粉紅色的小袋子裝起來。

然後等到理子把東西拿出來「哦～！」地蹦蹦跳跳的時候，我就趁隙開溜。

這樣一來就不會像以往那樣被她糾纏不清啦。

（真是完美的計畫……這就叫『若欲太平，須備戰爭』啊。）

一如9mm帕拉貝倫彈盒子上所寫的警世格言，對理子做好萬全準備的我——

在DECKS樓下的ＯＫ便利商店買了一杯咖啡歐蕾，便光明正大地走出屋外。

然後在徐徐春風中，來到水上巴士停靠站的旁邊……舒服地坐到船錨藝術雕像旁的長椅上。眺望著彩虹大橋，與新鮮的空氣一起享受還很冰涼的咖啡歐蕾。

結果——

「哇！」

理子忽然出現在我眼前！而且還吐著舌頭扮鬼臉！

噗！我忍不住當場把咖啡牛奶噴出來，但理子卻華麗閃開朝她飛去的液體。讓滿是荷葉邊的改造制服像金魚尾巴般輕輕飄逸，擺出裝可愛的姿勢──

「呀喝～欽欽！」

對我拋了一個媚眼。

「搞什麼啦理子！這可是很貴的啊！」

把相當於三十元左右分量的咖啡都噴出來的我頓時火大起來，可是……

理子依然笑咪咪地……

「好啦，那這個給你當賠罪。是理子親手做的喔！」

遞給我一個同樣滿是荷葉邊的手帕包起來的小便當竹籃。

我打開一看，裡面裝的是用奶油、巧克力醬與七彩巧克力片裝飾點綴的迷你鬆餅。或許女生看到會「呀～好可愛呦～！」地大聲歡呼，但如果是男生吃這麼有女孩味的點心，可是會被人以為腦袋不正常喔？

「……我說妳啊。算了，我會吃啦。但妳下次別做這種東西給男生行不行？」

我有點抗議地如此說道，但理子卻──愣了一下。

還眨一眨她那對睫毛纖長的雙眼皮大眼睛。

那是什麼反應？

「嗚、嗯、遵命！我不會做給欽欽以外的男生吃啦，連想都沒想過。不過真是驚訝呢。」

「有什麼好驚訝？」

「原來欽欽也會有獨占慾望呀。」

「啥？」

理子講的話還是這麼莫名其妙。

不過，這鬆餅拿來配咖啡牛奶應該不錯。

姑且不論外觀如何，只有雞蛋尺寸的大小也剛剛好。

「妳從哪裡跟蹤過來的？」

「從ＯＫ。我想說欽欽一定會去便利商店，就在那裡埋伏了。」

「妳跟蹤的技巧進步了嘛。我都沒發現。」

我說著，依然坐在長椅上……

而理子則是坐到我旁邊，緊緊貼著我。我也懶得抗議了。

「好吃嗎？」

「不錯。」

我不是在客套。理子做的鬆餅乍看之下好像只重視外觀，但其實還頗好吃。

本來還以為她是像亞莉亞那樣沒有生活能力，不過意外地有充滿家庭味的一面嘛。

（這是……香草的味道……）

我一邊吃著鬆餅，一邊看向理子。正如剛才火野所說……雖然我講不出來是哪裡不一樣，但她的確感覺有化妝過。

本來就已經是個美少女的理子，現在看起來更加閃耀，讓我覺得有夠尷尬。

女人化妝就跟變魔術一樣，男人根本看不出來究竟是什麼地方有動過手腳。

我頂多看出她嘴唇不知道是塗了唇膏還是唇蜜，有點水嫩水嫩的。可是總覺得那是她『故意』塗得比較明顯的樣子。

也就是說，理子似乎希望我能注意她的嘴唇，但又是為什麼？我實在搞不懂。

「話說我剛才……有遇到妳以前那個戰妹的現任戰姊……強襲科的火野。她好像有在懷疑我跟妳之間的關係。我是不知道剛剛到底有沒有解開她的誤會啦，但如果這點給妳添了麻煩，就抱歉啦。」

聽到我一邊吃鬆餅一邊這樣說道……

理子搖搖頭，讓她兩邊綁高的馬尾跟著晃動。接著輕笑一聲……

「沒～關係沒～關係，理子一點都不覺得麻煩啦。反而還覺得應該藉由這樣把周圍的壕溝一點一點填補起來呢。」

做了一個彎起手臂擠出肌肉的動作，又說出莫名其妙的一句話。

……算了，既然她覺得沒問題就好。

反正總是隨心所欲的理子小姐想的事情，深入探究也只會白費力氣而已。

「多謝招待。」

我把吃完的空籃子還給理子，她便「唰」一聲收回包包中——

然後露出笑臉，對我伸出手心。是要我付錢的意思嗎？

「我可沒錢喔。」

「不是啦。手手給我。」

扮小狗遊戲？還真突然啊。

不過剛才那鬆餅……跟我噴掉咖啡牛奶的損失比起來，光材料費應該就貴很多。要是在金錢上對理子欠下債務以後也很麻煩，於是我只好把右手的手指微微彎起來……

「喏。」

輕輕放到理子的手心上。

理子的手明明會拿手槍碰碰磅磅的，但卻是又小又柔軟，而且很溫暖。

就在我被那感覺一瞬間引開注意力的時候……

啪！

理子忽然一把抓住我的手。

然後在雙方一陣攻防下——手指不知不覺間纏在一起，變成情人牽手的形狀了。

「好～欽欽！來約會吧！」

理子很有精神地飄起裙襬站起身子，於是在她的拉扯下——我只好跟著起身。

「約、約會？」

秀髮隨風輕輕飄逸的理子，拉著困惑的我稍微往前走……

「如果男女兩人走在一起然後定義為約會，那就是約會。所以現在已經開始囉。」

說出這種像少女漫畫一樣的臺詞。

不過理子看起來是打從心底感到開心，而且我也有準備好對付理子的道具——閃閃棒。如果等一下真的感到厭煩，我再拿那個出來把她趕走就行了。

反正我也剛吃完東西想散散步，就稍微陪她一下吧。

於是我跟著踏出腳步——

而理子似乎認為那是我同意約會的表現，結果擅自抱住我的手臂了。手掌還維持著情人牽手的狀態。

手臂與手臂，手心與手心，像繩子一樣纏在一起。

（……）

就算我把她甩開，她肯定又會纏過來。

也罷，那就這樣走吧。

「嘿嘿嘿～嘿嘿～欽欽、欽欽，好開心喔。」

「……妳能不能安靜一點啦。」

「這怎麼安靜得下來嘛，太強人所難了啦～」

和我一起走在台場海濱公園的理子，腳步蹦蹦跳跳地，像走在月球表面般輕盈。

而且還不知不覺間變成用雙手抱著我的右手臂。

胸部。喂，胸部。

她的胸部貼到我手臂上啦。

理子那對如橡膠球般充滿彈力的水嫩胸部啊。

不過這點在被她纏住手臂的時候，我就已經做好某種程度的覺悟了。而且現在的風向……是南風。

而我是走在上風處，理子那香草般甜甜的氣味在爆發性刺激上比較微弱。

因此勉強撐下來的我，被理子拉著手——

沿細長型的海濱公園往西走去。

避開慢跑用的步道，沿著曲曲折折的小路行進……一路上又是花叢、又是草原廣場、又是春天的海面，景色不斷變化。

真符合不喜歡單調的理子會選擇的路線。

搞不懂只是跟我這種人走在一起，到底有什麼好高興的理子……

「理子呀，今天開心到都不知道為什麼會這麼開心的程度呢。」

抱著我的手臂，陶醉地如此說道。看來連她本人也搞不懂的樣子。

今天因為放晴的關係，公園中相當熱鬧，一路上經常與別人擦肩而過——

而只要理子在身邊，我可以明顯感受到無論男人女人與我們錯身而過後，大家都會轉回頭再看一眼。

和女性走在一起……類似的情境以前我和白雪也有經歷過，但我記得當時會轉回頭的都是男人。

（該怎麼說……理子就是有那種無論是誰看到都會迷上的魅力啊。）

理子是個美少女，這點我也很清楚。

不過她的魅力和亞莉亞或白雪又完全不一樣。理子是不分男女對象、大家都會變成她粉絲的那種——像偶像或女明星的魅力。

這麼說來，以前亞莉亞好像講過，理子的媽媽也是不分男女都會憧憬的絕世美女。有其母必有其女啊。

話說這位興奮到幾乎要飛上天的理子小姐……

一直講話、一直講話，簡直像個電臺DJ一樣。又是「我說欽欽」又是「欽欽那個呀」又是「然後呀欽欽」的，吵得要命。而且講的內容都是很冷門的動畫或遊戲話題，讓我只能選擇右耳進左耳出了。

就這樣，我們最後來到公園中一處小小的遊樂設施區。

這地方因為藏在樹林中的關係，很少人知道……現在也看不到其他人。

理子這時忽然放開我的手……

「哇哈～！欽欽也來嘛！」

抬起穿著紅色亮面鞋的腳，爬上一座木製的爬梯。

（……嗚……！）

因為她爬得很快，滿是荷葉邊的短裙後側順勢飄呀飄呀……蜜金色的那玩意就……

我趕緊把視線往下移，然後避開爬梯，繞過遊樂設施。

而理子看起來玩這個小孩用遊樂設施，真的玩得很開心的樣子……

「我說妳啊……又不是小鬼頭了……」

我則是只站在溜滑梯下面，表示自己不會跟著玩的意思。結果……

「咻～！」

理子自己用嘴巴發出音效，開心地從溜滑梯滑下來——為了減少摩擦抬起膝蓋。

而這次我因為站在她前方……蜜金色的那玩意又……！

（……！）

唰！滑到最下面的理子笑著抬起頭，對我比了一個「耶」的手勢。

也不管我慌張成這樣子，這傢伙看來真的只是在享受溜滑梯的樂趣。

也就是說，只有我自己在對理子動邪念嗎？

簡直像個白痴一樣……我這樣不行吧。

總覺得最近自己對爆發模式變得有點警戒心不足了。

必須讓自己重新振作起來才行。

——於是我……

「喂，理子，話說妳明天生日對吧？」

握起放在口袋中的閃閃棒，對理子這麼說道。

結果坐在溜滑梯下面像小孩子一樣把腳伸直的理子就——

「——咦？呃、嗯。」

從剛才的活潑模式忽然變得態度緊張，並抬頭望向我。

感覺好像有點僵硬，臉頰也變得泛紅。

搞什麼？為什麼要那樣態度急轉彎啦？

不過她變得安靜一點，我也比較好講話就是了。

「欽欽，原來你記得呀？不只是亞莉亞和小雪的生日，連理子的也……」

「以前在香港也說過吧，我記得啦。畢竟妳的生日是最好記的啊。三月三十一日，剛好是學年最後一天。」

「啊、呃、嗯。謝謝……既、既然這樣，你會幫理子慶祝嗎～之類的。像是對亞莉亞或小雪那樣。」

理子妳到底是怎麼了啦？「啊哈哈」地笑得那麼尷尬，眼睛又亂飄……簡直行動可疑。

不過理子行動可疑也是很平常的事情。這就是理子小姐的正常狀態。

於是……

「唉呀，正式生日是明天，所以正式的感想明天再說就行了。」

我說著，從口袋中拿出裝在小袋子裡的閃閃棒，交給理子。

而依然坐在溜滑梯下，用雙手捧著收下的理子……

表情緊張得彷彿可以聽到「撲通！撲通！」的心跳聲。

在搞什麼啦？

那麼接下來，我的預定計畫是趁理子被閃閃棒引開注意力的機會拔腿開溜……不過如果想把她丟下來逃跑，我必須假裝等一下也要跟她一起走，讓她心中大意才行。

因此我在理子輕輕把粉紅色小袋子打開的同時……

「理子，妳閉嘴跟我走。」

假裝在抗議理子剛才一直跟我講些我不知道的動畫或遊戲話題，如此說道。

然後等理子看到小袋中的內容物，頓時全身僵硬——雖然跟我原本預想的反應不太一樣，但總之成功讓她無法行動的時候——轉身準備拔腿逃跑。

可是……

「你真有一套呢，欽欽！」

看到理子用匹敵亞莉亞的紅臉對我露出笑容……我便頓時明白計畫失敗了。

唉，閃閃棒爭取時間的效果也太短了吧。

我還以為應該可以引開理子的注意力再久一點的。

「理子本來想說亞莉亞是戒指，小雪是玫瑰花，那其他還有什麼可以送呢～的說。唉呀～這簡直可以頒發創意獎呢。我對你有點另眼相看了。」

「……抱歉啊，不是什麼昂貴的東西。」

因為要是原本打算開溜的事情被抓包也很尷尬，我只好當作是正常送她禮物了。

「沒關係，反正昂貴的東西理子會用偷的。」

「我說妳啊……」

「啊哈、啊哈哈。那這個，理子就收下囉！」

理子也不把東西從袋子裡拿出來，而是很寶貝地握在手中──

「明天理子再好好回應。理子會做好準備等欽欽的。」

「……準備？準備什麼？」

聽到我這麼問……

「一起逃跑的準備。」

理子對我拋了一個媚眼，小聲回答。

……是指從亞莉亞和白雪面前逃跑的意思嗎？畢竟她剛才有提到那兩人。

「不過，理子有點能夠明白呢。畢竟比起亞莉亞或小雪，理子比較擅長逃逃躲躲的嘛。理子在很多地方都有藏身之處，欽欽就暫時和理子在那些地方一起生活吧。」

理子小聲說著，講得好像我們現在真的被什麼人盯上似地……

對亞莉亞和白雪沒必要害怕到那種程度吧。

「……今天接下來有什麼打算？」

「理子要回去了。理子有點心動過度，感覺沒辦法保持平常的理子呀。要是因為這樣讓欽欽看到什麼奇怪的地方而反悔了也不好。畢竟難得被選上了嘛……所以今天就先到這邊 byebye 吧。」

雖然我聽不太懂，不過看來她是打算把今天接下來對我的束縛延期到明天的樣子。

算了，這樣也好。

反正不管我怎麼逃理子也會死纏不放，乾脆就奉陪到底吧。

「了解。」

「那明天晚上七點……到理子的房間來。絕對要來喔。啊，不過如果……如果欽欽改變了心意……不來也沒關係。如果欽欽沒來，理子就當作是那樣——當作你是跟其他女孩逃走了，所以理子也會死心的。」

那到底是怎麼樣啦？

話說要是我沒去，妳事後肯定會對我抱怨一堆吧？

「明天晚上七點對吧？我會去啦。」

聽到我這麼回應……

「嗚！」

理子頓時露出彷彿心臟要從嘴巴跳出來似的表情。

「那個呀，理子覺得，亞莉亞和小雪就保持現在這樣沒關係。如果欽欽願意平等對待——理子也會盡自己的努力偷走的。」

「偷什麼啦？」

「欽欽的心。因為理子最喜歡偷別人的東西了，尤其是亞莉亞的東西。」

我還是搞不懂她到底在講什麼……

「……就算知道是不會實現的戀情，推翻這點就是所謂的『偷』嘛。在今後的逃亡生活中，理子會陪欽欽到天涯海角的。會捨棄一切，不管任何地方都會一起跟著走的。能夠有這種覺悟的人……肯定只有理子喔。」

說著，站起身子的理子……飄散出香草般的氣味。

然後她彷彿是要留下那香氣似地走過我身邊……

「要小心，Les murs ont des oreilles（隔牆有耳）。明天的事情，不要跟任何人講喔。」

留下這句話後——

便朝著她以前打倒亞莉亞時拿來當據點的日航酒店方向離去了。

和理子道別後，我搭上東京臨海單軌列車回到學園島……逛一逛強襲科大樓前的『買賣布告欄』以及合作社的拍賣品，太陽也不知不覺快要下山了。

（回去吧……）

我為了省公車錢，步行走向男生宿舍。

在途中經過第二操場旁，看到夕陽下有一半的花朵已經綻放的櫻花樹。

或許是因為剛才跟理子在一起的緣故，讓我想起來——

這棵櫻花樹就是大約一年前，被裝在腳踏車上的炸彈炸飛的我和亞莉亞擦碰到枝葉的那棵樹。當時多虧枝葉幫忙緩衝速度，才讓我們免於用可能摔死人的速度撞進體育用品倉庫。在某種意義上，這棵樹可說是我們的救命恩人……恩樹？

就在我抬頭仰望著那棵樹的時候……

「……金次。」

從身後傳來一聲娃娃聲。

我回頭一看，果然就是穿著便服的亞莉亞。

手上拿著一顆吃到一半的桃饅站在那裡。

「女生聚會結束了？」

「嗯，然後我在那邊的便利商店買了桃饅走出來，就看到一個背影很像金次。」

去年這時候連『便利商店』這個日文都不知道的亞莉亞大小姐，如今也變得會買東西邊走邊吃啦。真是成長了不少。

走到我身邊的亞莉亞，露出微笑仰望櫻花樹……

「這裡，就是我們初次相遇的地方呢。」

「原來妳也記得啊。雖然嚴格來講，應該是稍微再過去一點的馬路啦。」

「從那之後過了一年，高二生活也結束了。」

「晉級……我想應該是沒問題啦。武偵高中真的是什麼事情都要拖到最後，能不能順利晉級居然要明天才會知道。」

在武偵高中，全校班級分配表是在三月三十一日公布。而如果有學生沒能晉級，名字就會被列在底下學年的班級中，因此同時可以知道。

「萬一你留級，就會變成明里和風魔的同學呢。呵呵！」

亞莉亞對自己講的笑話笑了起來。

「別講了，一點都不好笑。」

那情景光是用想像的就會讓我覺得無地自容，居然跟至今頤指氣使的風魔變成同學什麼的。

「不過今年是一個事件又接著一個事件，你應該沒什麼時間念書吧？」

這種話妳有資格講嗎？

「……我最近已經慢慢抓到念書的訣竅了啦，期末考感覺也不差。用不著妳來擔心。」

雖然隱瞞了萌對我個人教導的事情，不過也的確在念書上變得稍微有點自信的我挺起胸膛如此說道後……

「……金次，謝謝你。」

亞莉亞又對我道謝了。

我想大概是針對這一年來的所有事情。

「妳最近也變了很多啊。不管是在太空梭上還是現在，居然都對我說『謝謝』。」

「我也是會說『謝謝』的好嗎！」

「並不會吧。」

「會啦……或許不會講出口，但我一直都對你抱著感謝的心情呀。不然我再跟你說一次好了。金次，謝謝你總是對我這麼好。明明我老是會找你出氣的說……」

既然有自覺就拜託妳別做好嗎！妳的『出氣』都是用子彈在出氣的啊！

雖然我很想這樣說，但看到亞莉亞難得這麼溫馴的態度，就沒講出口了。

或許就是在這點上，亞莉亞認為我對她很好的吧——不過這與其說是對她好，應該說是我太懦弱才對。一方面也因為疾病（爆發模式）的關係，我對女生總是強硬不起來。因此她這樣說根本是過獎了。

就在我沉默不語的時候——

「……金次。」

亞莉亞再度轉頭看向我。

感覺好像下定了什麼決心。

「我想你或許也已經知道了，不過我……有件事情想要好好對你說。就是一方面因為有媽媽的事情，到現在都被擱在一旁的事情。」

「……」

「關於我的心意，我還沒有照我自己的意志好好告訴過你。」

隨著太陽漸漸下山，臉蛋越來越紅的亞莉亞……

似乎有什麼重大的事情要向我告白的樣子。

可是又好像不打算現在對我說。

「不過……你當然也有選擇的自由。所以來訂個時間……我想想，班級分配表我記得是明天晚上七點會公布——那你就七點到我房間來。」

亞莉亞感覺像是在為現在不講的事情找藉口一樣。

「反正明天晚上媽媽剛好說她要去找新房子……我們就兩人一起上校內網路看分班表吧。如果三年級也能分到同班，一定會很有趣的。到時候我們就，呃，兩人來辦一場小派對……不過……」

我因為搞不懂亞莉亞到底在講什麼而不知如何回應，結果亞莉亞就越講越畏縮了。

「不過你……那個、畢竟有體質上的問題……如果不想聽我講那些話，你不來也沒關係。那時候我就當作是那麼一回事，我也會——徹底死心的。」

雖然亞莉亞用了太多指示代詞讓我聽不太懂，但又感覺她是好不容易擠出勇氣在對我講這些話，氣氛上讓我沒辦法隨便開口問得更詳細。

不過……

（明天晚上，七點……）

理子剛好也是跟我約了那個時間啊。

然而理子又叫我不要跟別人講這件事。

要是我現在對亞莉亞說『我那個時間有別的事情』——我想亞莉亞一定會去調查究竟是什麼事。而她如果因此查出對象是理子，感覺我對理子會很尷尬。

於是我稍微思考了一下……

既然亞莉亞說要辦一場小派對……

「關於妳說的那場派對，找其他人一起來怎麼樣？像是找理子來炒熱氣氛之類的。」

我提出了很自然可以在同時間也跟理子見面的提議。

結果這卻是一大失策。

亞莉亞的粉紅頭頂忽然噴出憤怒的蒸汽——

「為什麼要叫理子啦！」

不妙。居然會氣到這樣不尋常的程度，難道亞莉亞和理子正在吵架嗎？

「笨蛋！你自己！笨蛋！一個人！笨蛋！過來啦！」

看到亞莉亞每講一個詞就夾一句『笨蛋！』然後「碰磅！碰磅！」地用她自創的方式踹著地板……

「妳、妳幹麼忽然發飆啦？別生氣啊。」

「我——才——沒——有——生氣！」

亞莉亞對我吐出舌頭，表現得像小鬼在生氣的樣子。

糟糕，照她這態度……要是我放著不管，她搞不好會拿附近的東西出氣啊。像她上次就把自動販賣機抓起來摔過。

「知道了，知道了。我會去啦。」

我為了防止亞莉亞的無差別破壞行動而說出這句話暫時應付過去。結果……

「你、你會來？明天，晚上七點喔。」

亞莉亞雖然還有點發飆，不過表情又莫名開心，讓她的臉變得很好笑。

「要、要是敢遲到我就不饒你喔！」

「好啦好啦。」

「『好』只要說一次！還、還有！這個約定，你不可以跟別人講喔。那樣一定會被妨礙的。尤其是理子，你絕～對不可以告訴她喔！」

露出犬齒指著我的亞莉亞說出了這種話——

這下我也變得沒辦法跟理子商量更改時間了。畢竟理子也是如果聽到我說『有別的事情』就一定會去調查的人。

……因此……

來採取『當天臨時放鴿子』作戰吧。假設我要去亞莉亞或理子其中一個人的房間，那麼等到五分鐘前再聯絡另一個人取消約定。這樣一來對方就沒時間詳細調查了。

看著亞莉亞還有點生氣又開心地蹦蹦跳跳離開，偶而還會轉回頭對我揮手道別的奇怪模樣……我只能露出苦笑揮手回應。

沿著自己長長的影子望過去，準備迎接日落的東京漸漸亮起燈光了。

Go For The NEXT!!!　晚上七點的 Lucky Strike

約定好的三月三十一日——黃昏到來。

或者說，已經晚上六點四十五分，十五分鐘前了。

（要選亞莉亞，還是選理子？）

手插口袋快步走在柏油路上的我，遲遲沒能做出決定。

亞莉亞的房間在第一女生宿舍，理子的房間則是第二女生宿舍。

而我就快要走到分岔點了。

於是我決定進行最後一次比較。

首先——

——如果選擇往亞莉亞房間。

畢竟這次的狀況是絕對需要拒絕某一方，所以要做好惹拒絕的一方生氣的覺悟。

然後說到生氣起來誰比較恐怖，當然毫無疑問就是亞莉亞了。

因此為了我自身的安全，或許我應該選擇亞莉亞。

我可不希望明天在升上三年級的開學典禮中，被什麼開洞祭典打成人肉蓮藕。

而另一邊——

——如果選擇往理子房間。

當然一方面今天是理子的生日，不過更重要的是，我現在有個很傷腦筋的東西寄放在理子那邊。

就是我的印鑑。我昨天為了引開理子的注意力——本來打算把裝有彩色玻璃的細長小瓶子，通稱『閃閃棒』交給她……可是我卻搞錯，把當時新買的印章遞給她了。畢竟兩者的大小和包裝都太相似啦。

或許因為那印章是用玫瑰晶製成，讓理子一時以為我是送她能量石之類的東西當禮物吧？然而上面有刻『遠山』的名字，就算是理子應該也會察覺我送錯才對……不過把打算拿來當身分印鑑・銀行印鑑的印章放在別人手中——而且還是怪盜小姐手中——不是一件好事，我必須盡早拿回來才行。

（好啦，到底該選哪一邊呢？）

像棋盤一樣每一百公尺見方分隔為一區的學園島上，第十三區——

我在因為預定改建而全店鋪休業的中規模商店大樓前的小廣場停下了腳步。

從這邊往東就是亞莉亞在的第一女生宿舍，往北就是理子在的第二女生宿舍。

換言之——這裡就是命運的分岔路了。

在廣場西南方一道左右很寬的階梯上面，商店大樓的鐵捲門緊閉著……大概是因為長久以來都沒打開過的關係，上面被人用噴漆噴上了花俏的塗鴉。

而就在我背對那階梯，交抱雙手沉思的時候……

「真是齊人之福，雙手捧花呢，遠山同學。」

……哦？

在沒什麼人經過的這塊廣場上，出現了熟悉的面孔。

──不知火亮。

是A級強襲系武偵，有點感覺城府很深的同班同學。

「然而，人只能捧一朵花。而且經常到最後捧的都是第三朵花喔。」

他說著這樣一句話，對我輕輕揮手走過來。

明明是假日，身上卻穿著防彈制服，不過這點上我也是一樣，所以沒必要刻意吐槽──

但是他為什麼會知道？我想問了也沒意義吧。

關於和亞莉亞與理子約定撞期的事情，我並沒有找任何人商量過。

亞莉亞跟理子也不是會到處亂講的類型。

可是不知火現在卻表示自己**兩邊都知道**──

「你之前在東池袋高中應該很閒吧？只為了我一個人進行什麼潛入搜查。」

──可見他是一直在監視我的樣子。

至少從去年冬天我遭到武偵高中退學，轉到一般學校的時候就已經在監視了。

現在回頭想想，那件事實在很不自然。

不知火是和我同時期離開武偵高中，同樣轉到東池袋高中，又同時期回來。

因為我不想懷疑朋友，所以至今都沒有深入去想過——

但不知火看來是在某人的安排下，不知從什麼時候就開始在監視我了。

「不會喔。畢竟你行動頻繁，要報告的事情很多。而且為了不要被蕾姬同學或你的弟弟妹妹發現，也花了我不少功夫。」

而且他一旦被我識破這點，就會配合我做出對應。

「——雖然說謊也是武偵的工作啦，但爺爺奶奶沒教過你嗎？騙子可是會被閻王大人拔掉舌頭喔。」

我把身體轉向不知火……

「那麼為了你的舌頭著想，我也要讓你接受委託才行啦。」

「委託？聽完剛才這段開場白，你認為我還會接受嗎？」

「我在暑假時有幫忙出場過足球比賽吧？那時遠山同學說願意接受我任何一項委託，然後後來又無限延期。你忘了嗎？」

「我說你啊……」

「嗯？你有說過無論任何事都願意吧？」

「……你是小鬼頭嗎？唉，也罷，我知道啦。那你就說說看。」

——不管怎麼樣，總之要先讓他講話。

我希望盡量獲得情報，畢竟這件事感覺有點讓人不太舒服。

仔細想想，不知火一直都很在意我和亞莉亞之間的關係。而且硬要說起來，還是站在湊合我們的立場。

我以為那單純是──『戲弄男女搭檔工作的同班同學』這種武偵高中常有的行為……而如今，我還真希望只是如此呢。

畢竟如果換個角度深入思考……這搞不好代表那段宛如惡夢的緋緋神事件中，還有我們沒發現的**第三方勢力**存在啊。

在那起事件中，我們不希望讓亞莉亞變成緋緋神，而另外有一派則是企圖讓亞莉亞成為緋緋神。雖然不知火那種想要湊合我和亞莉亞的行為，從結果來看很難判斷他當時是希望讓事情如何發展──

──不過還是有基於某種意志想要引導事件發展的可能性。

即便力量微弱，還是有在力學上介入過的可能性。

「我會接受這項公務，一方面也是因為我的私人感情。你之前也有跟我道歉過，我以前本來是打算和你組成搭檔的。結果卻在武偵殺手的那段時期開始，你徹底被神崎同學給搶走了。或許嫉妒是很沒出息的表現──然而就像美女很稀有一樣，強人同樣也很稀有。而那樣的對象被人搶走的我會懷抱負面感情，應該也是很自然的事情吧？」

「……你說這是『公務』對吧？是哪裡的命令？」

「保密義務是最常見的一項規定喔。」

這帥哥一臉輕鬆地就含糊帶過了。

「好，那我就讓你說出來。」

照我的判斷，不知火的戰鬥力——

比現在不是爆發模式的我來得強。

然而我這一年來就像在世界各地進行過武者修行一樣……到了最近已經慢慢設計出能夠靠自己的意志進入爆發模式的方法了。

雖然一直沒機會測試，不過拿這傢伙來**試槍**可說是剛剛好啊。

畢竟對手是朋友，即使我失敗應該也不會被殺掉。

再說，現在這個狀況——我就算輸了也沒什麼損失，但不知火卻有風險，那就是情報。

也就是說，條件上完全對我有利。

於是我往不知火的方向踏出一步……

——才總算一口氣感覺到了。

「…………」

因為對方是等到我準備攻擊不知火的時候，才把氣息釋放出來。

直到剛才我都沒發現，強韌、厚重又敏銳的——存在感。

而且不只一個！不妙！

現在不是去管不知火的時候了。

（——在後面——！）

我「啪……！」地轉身一看……

在噴漆塗鴉牆前面的寬敞階梯上……

有五名男子。

有人一臉無趣地站著，有人躺著，有人打開雙腳坐著，各自帶著莫名慵懶的氛圍忽然現身。

雖然那五人連面朝的方向都不一致……但可以確定是一個小隊。不但每個人都擁有可稱為超人的戰鬥能力，而且又有團結心。感覺是能夠單打獨鬥也能小隊戰鬥的軍團。

然後……

在那五人之中……

（……原田、靜刃……！）

居然還有那號人物。

身穿全黑的大衣，斗篷蓋到嘴巴的那個男人。

在比利時差點把我暗殺掉的前・眷屬傭兵。

稱號由來的黑鞘日本刀，這次不是掛在背後而是兩把都掛在左腰的——妖刕・原田靜刃豎起一邊的膝蓋坐在階梯上，低頭俯視著我。

今天讓我遇到就是你的末日，看我把你幹掉……！

雖然我很想這麼說，但也很清楚那並不是一件容易的事情。

首先，原田靜刃本人全身散發出的氣息遠比之前在比利時交手時更加強烈。明明才經過短短兩個半月而已，究竟是怎麼回事？就算『士別三日，當刮目相看』，這成長速度也太不自然了——

簡直沒有破綻。

然後，原田的同伴有穿立領裝的美少年、穿整齊西裝的瘦男與穿和服的光頭巨漢——三個人的實力感覺都和原田同等甚至更強……

另外還有一名看起來強到爆的男人，坐在階梯的中央前方。

一點也不在意身上沙漠色的風衣碰到地面、張開長長的雙腳豎起膝蓋坐在地上的那個壯漢，和我對上視線後……用手指「咚咚」地從左手的 Lucky Strike 菸盒敲出一根菸，含在嘴上抽出來，用 Zippo 打火機點燃。

這男人的氛圍——

與其說是人，比較像是鬼，而且很強大，簡直就是閻王大人……！

我可以感受到自己全身上下的感覺器官都在本能上尋找著退路。

（——該死……！）

太不妙了吧？

這男人到底是何方神聖……！

我絕對贏不過他。

就算進入爆發模式，也會被他用單手就扳倒。如果用日本刀比喻，就是正宗的刀，是真貨中的真貨。一定跟生前的老爸或大戰時的爺爺不相上下。

就在我的視線難以從那釋放出壓倒性存在感的男人身上移開的時候……

「——為了這樣一個小鬼，有必要動用我們五個人嗎？」

「灘先生一個人就夠了吧？當作是獵殺排行者。」

「我現在是十九名，就算殺掉七十一名，排名也不會上升。」

西裝男與立領少年像是在對風衣壯漢抱怨似地說著。

儘管存在感有如在倫敦打倒過我的探員——賽恩・龐德等級的那兩個人那樣嘀咕……坐在中央的風衣男依舊沒有轉頭看向他們，而是……

「呼……」地吐出一口煙後——

「別把那小鬼想成是普通的小鬼。」

始終沒有把視線從我身上移開，並低聲說道。

宛如獅子在低吼般。

「可鵡韋、灘、原田、大門坊，Delta 隊形，用攻擊性陣列。」

看來應該是隊長的那傢伙如此命令後——

「用 Beta 就行了吧？」

眼神比我還凶的西裝男……好像是叫「灘」的男人小聲嘀咕。

不過他似乎沒打算違抗隊長的樣子。

五個人的殺氣……

感覺就像麻繩一樣纏成一束。

「遠山金次，你在小孩子中或許是等級九十九，但看在大人眼中也只是等級一而已。」

只靠殺氣就剝奪了我行動權力的隊長──

緩緩站起身子。

光是這樣，就讓我有種整個廣場都扭曲的錯覺。

「不過你也已經十七歲，勉強可以算個大人了。而這裡是學校──所以今晚我就稍微教育你一下。」

透過微捲的瀏海之間，隊長有點下垂的雙眼射出銳利的光芒。

那超然的眼神，讓人感受到像大海或天空般巨大的存在。

他接著看向手錶──歐米茄的 Speedmaster──確認現在時刻。

然後從風衣懷中拿出一張紙。

從遠處也看得出來，那是我已經看慣的……

……**逮捕令**……！

「我是東京地檢特搜部的獅堂。遠山金次，現在時間晚上七點，我要以殺人罪嫌逮捕你。」

隨後──

鏘！

不知火對我的手腕銬上了一副手銬。
是刻有警察廳警徽「櫻代紋」的超硬合金手銬。

Go For The NEXT!!!

後記

在棒球打擊場居然跟隔壁少年擊出的球演出了一場彈子戲法！我是赤松！

好啦！睽違四年的大祭典——動畫播放日一步步接近囉！

雖然我在小說版AA中也有寫過，不過還是請容我藉這個機會再介紹一次預訂於二〇一五年十月開播的電視動畫『緋彈的亞莉亞AA』。首先是配音員們！

間宮明里　佐倉綾音小姐
佐佐木志乃　茅野愛衣小姐
火野萊卡　M・A・O小姐
島麒麟　悠木碧小姐
高千穗麗　布萊德庫特・莎拉・惠美小姐
神崎・H・亞莉亞　釘宮理惠小姐
遠山金次　間島淳司先生
星伽白雪　高橋美佳子小姐

峰理子　　伊瀨茉莉也小姐
蕾姬　　石原夏織小姐

除了這樣豪華的配音陣容，監督是製作過『魔法少女小圓』以及『〈物語〉系列』的川畑喬先生，編劇統籌是『ＩＳ〈Infinite Stratos〉』的志茂文彥先生，人物設定是『ＧＪ部』以及『笨蛋，測驗，召喚獸』的大島美和小姐——然後製作公司是『輕鬆百合』以及『戀姬†無雙』的動畫工房，熱情製作中喔！

這次的亞莉亞動畫，同樣很幸運地有一群堅強的配音與製作陣容，所以當然是非看不可啦！好期待十月到來啊！

我本人有執筆一部分的劇本，也有受邀協助編劇統籌，因此請各位好好期待播放吧。在『緋彈的亞莉亞ＡＡ』動畫官方網站 http://ariaaa.tv/ 上也能確認詳細情報，請各位務必去看看。

那麼期待下次，動畫祭典最熱鬧的時候於書店再相見。

二〇一五年八月吉日　赤松中學

祝!!アリア21巻♡
※慶祝亞莉亞第二十一集出版
■大家好，我是こぶいち。
總覺得亞莉亞每一集最後
都很有衝擊性呢！
我身為一名讀者
也很期待接下來的發展。
■那麼，期待
下一集再相見！

緋彈的亞莉亞（21）秋霜烈日的獅子

（原名：緋弾のアリアXXI 秋霜烈日の獅子（リゴラス・サスペクト））
作者／赤松中學　封面插畫／こぶいち　譯者／陳梵帆
發行人／黃鎮隆　協理／陳君平
總編輯／洪琇菁　國際版權／林孟璇
執行編輯／呂尚燁　美術主編／李政儀
企劃宣傳／邱小祐
出版／城邦文化事業股份有限公司　尖端出版
台北市中山區民生東路二段一四一號十樓
電話：（〇二）二五〇〇七六〇〇　傳真：（〇二）二五〇〇二六八三
E-mail：7novels@mail2.spp.com.tw
發行／英屬蓋曼群島商家庭傳媒股份有限公司城邦分公司　尖端出版
台北市中山區民生東路二段一四一號十樓
電話：（〇二）二五〇〇—七六〇〇（代表號）
傳真：（〇二）二五〇〇—一九七九
北部經銷／祥友圖書有限公司
電話：（〇二）八五一二—三八五一
傳真：（〇二）八五一二—四二五五
中部經銷／高見文化行銷股份有限公司
電話：〇八〇〇—〇五五—三六五
傳真：（〇二）二六六八—六二二〇
雲嘉經銷／智豐圖書股份有限公司　嘉義公司
電話：（〇五）二三三—三八五二
傳真：（〇五）二三三—三八六三
南部經銷／智豐圖書股份有限公司　高雄公司
電話：（〇七）三七三—〇〇七九
傳真：（〇七）三七三—〇〇八七
一代匯集／香港九龍旺角塘尾道六十四號龍駒企業大廈十樓B&D室
電話：（八五二）二七八三—八一〇二
傳真：（八五二）二七八二—一五二九
馬新總經銷／城邦（馬新）出版集團　Cite(M)Sdn.Bhd.
E-mail：Cite@cite.com.my
大眾書局（新加坡）　POPULAR(Singapore)
E-mail：feedback@popularworld.com
大眾書局（馬來西亞）　POPULAR(Malaysia)
E-mail：popularmalaysia@popularworld.com
法律顧問／通律機構
台北市重慶南路二段五十九號十一樓
二〇一六年四月一版一刷

■中文版■

郵購注意事項：
1. 填妥劃撥單資料：帳號：50003021戶名：英屬蓋曼群島商家庭傳媒(股)公司城邦分公司。2. 通信欄內註明訂購書名與冊數。3. 劃撥金額低於500元，請加附掛號郵資50元。如劃撥日起 10～14日，仍未收到書時，請洽劃撥組。劃撥專線TEL：(03) 312-4212 ・ FAX：(03) 322-4621。E-mail：marketing@spp.com.tw

國家圖書館出版品預行編目資料

緋彈的亞莉亞21 / 赤松中學 著 ;　陳梵帆 譯.--1版.
--臺北市：尖端出版, 2015.07
面 ; 公分.--(浮文字)
譯自:**緋弾のアリア**
ISBN 978-957-10-6468-0(第21冊：平裝)

861.57　　105000574